清啸集

竺国良 著

SJPC

上海三联书店

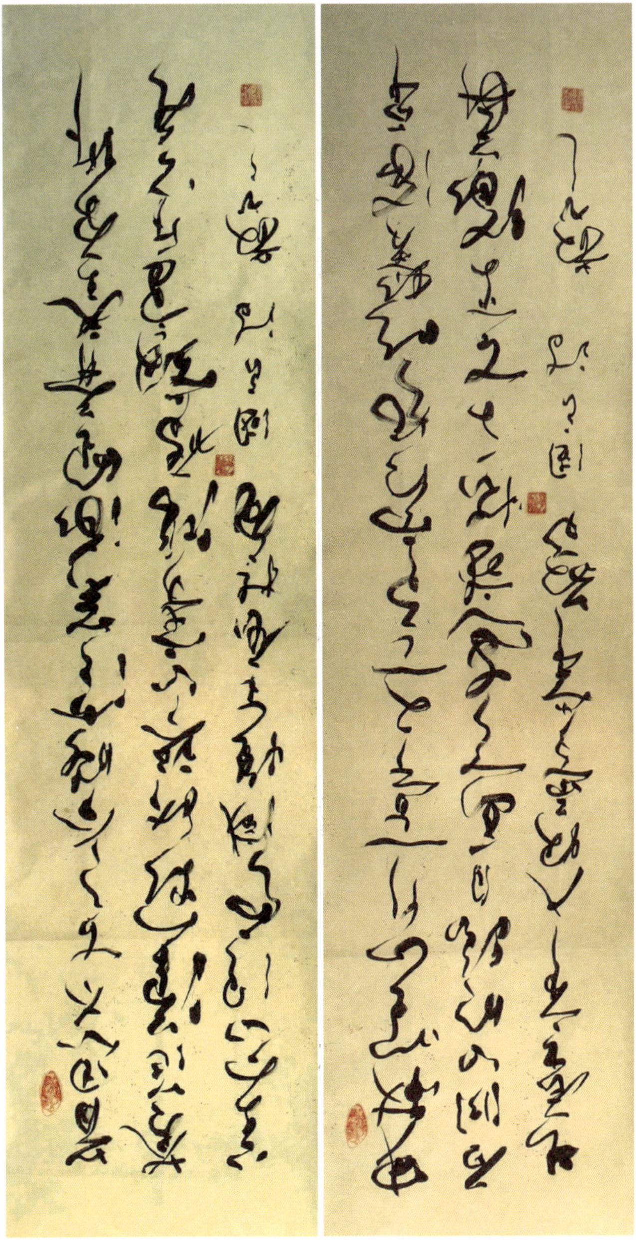

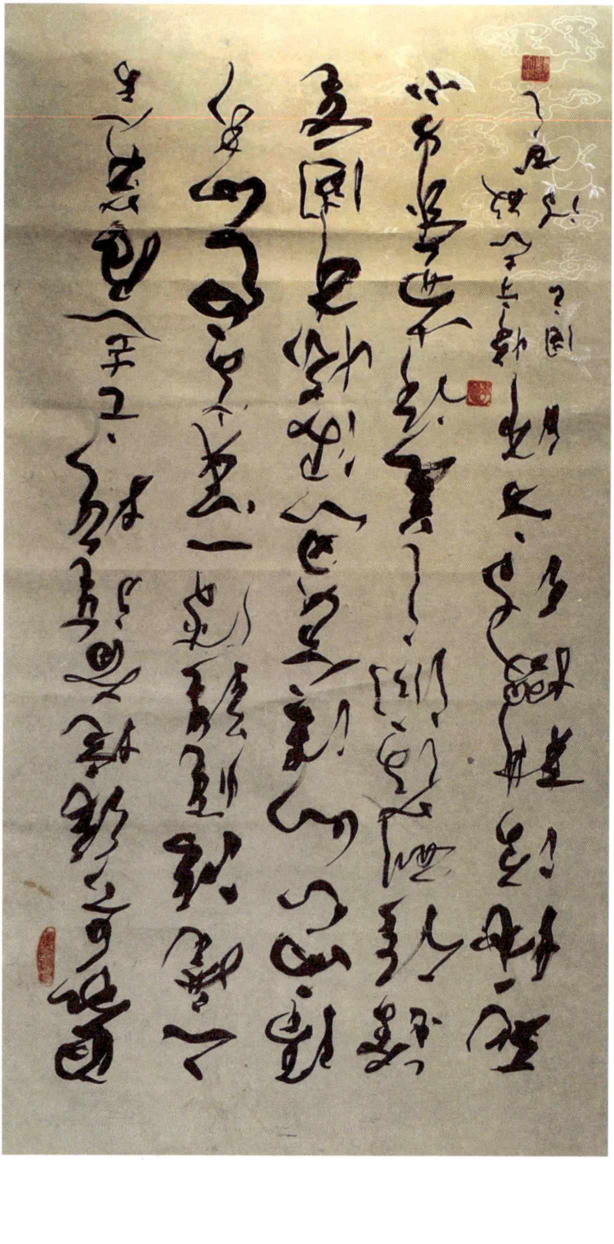

自序

竺国良，诗名清啸，字释之，号一园半厦主人，高级工程师。传始祖为孤竹君，北宋年间六十六世祖自山东瑯琊莒县徙至江左。后至嵊县金庭乡灵鹅村。浙东第五始祖迁居奉化之董溪。故籍贯为浙江奉化溪口。雅好旧体诗词，幼时略有酬唱，退休赋闲诗若泉涌。传之旧友得一二知己谬赞，私心踊跃是以每每奋笔而不以为陋劣也。闲读唐诗觉摩诘若古琴，乐天似琵琶，太白比钢琴奔放，子美抵交响宏章，子厚凄风苦雨，微之深情绝响，至若义山若梦若幻缠绵悱恻回响于水云端。每学而作，一咏一叹皆自胸臆出。诗未必好，绝无造作之嫌。虽无平治之才却负家国情怀。略知经，娴于诗，喜史论。经追慕毛，诗宗于杜又长揖屈，史服膺司马。好游历，秉先祖遗风也。今刊诗集馈赠友人，特延请同窗李洁先生为之挥毫书五律两首置卷首。故友王培瀛先生题卷名于封面，以增其翰墨气韵。不胜感谢，于此专致谢忱。旧体诗除注明新韵、宽韵外，余皆遵平水韵。

目录

七绝二首

儋州东坡书院

二零一三年一月十七日

儋州古称儋耳，东坡书院在东和镇侧。

其一

书院轩明大海东，满园高树满园风。
遥想南荒传道日，流离旷达是坡公。

其二

浓荫丽光溢桂香，椰林摇曳见扶桑。

西园秀朗东园寂，苏轼登楼尽望乡。

七律

文昌东郊椰林

二零一三年一月二十日

重绿椰林照晚霞，引人野径到田家。
步轻只恐惊黄犬，语谑分明戏黑鸭。【一】
夜静树深宿小栈，星微风冷踏晨沙。
挑灯赶海趁渔趣，潮打空船架影斜。【二】

【一】鸭为仄声，然杜诗中有作平声。此处沿袭。

【二】渔架高可六七米，用圆木在海水中搭建而成。

七律　新韵

古盐田

二零一三年一月二十一日

盛哉儋耳古盐田，濒海晒沙得卤咸。
错落七千槽似砚，传家半百姓皆谭。【一】
场前靓女琼歌亮，院里村厨鸡味鲜。
不是祠堂悬红榜，【二】错嘲洋浦只贪钱。【三】

【一】晒盐的七千多石槽如巨大的石砚，且约半百晒盐人家均为谭姓。

【二】祠堂张榜本村考上大学和研究生名单。

【三】古盐田在洋浦开发区旁。载客摩的有强乱收费现象。

七律

登海口火山地质公园

二零一三年一月二十三日

祝融怒气地心生，铁石喷天炼火烹。
草木化灰虫虎死，星空映赤鬼神惊。
长风荡秽甦灵物，时雨滋肥发盛荣。
今我登临腾焰口，方知浩劫亦天情。

七律　新韵

文昌孔庙地方陈列馆

二零一三年一月二十四日

一门宋氏三杰女，【一】两代文昌百将星。【二】
贵比北周独孤氏，威齐虎帐红安旌。
鸿沟箭簇射刘项，辽沈烽烟分炭冰。
国共如今海峡隔，炎黄战罢弟兄情。

【一】宋氏三姐妹。

【二】文昌出国军将领二百余名，且有父子均为将军者。可比湖北红安将军县。

七律　新韵

三亚西岛

二零一三年一月二十七日

洗淡碧天溟愈蓝，海潮漫卷净沙滩。
畏途懒上牛王岭，饶兴闲搜螺贝湾。
蕉影筒蓬舒蚁族，椰风豪墅驻商官。
昨闻气象银屏报，霾笼黄淮夜雪寒。

七律

游三亚呀诺达

二零一三年一月二十九日

名胜久闻呀诺达，逶迤山道雨林丛。
过江龙跃虬溪绿，三角梅铺廊架红。
望海阁凌霞蔚起，旅人蕉射日光封。
桄榔树下思苏轼，簌簌叶摇起海风。

七律

博鳌情景

二零一三年二月一日

五峰中立阻寒尘，【一】四放大河物象分。【二】
潮涌三江一线雪，【三】浪廻玉带数重云。
伏鳌笑佛何须富，【四】设帐招商尽为宾。【五】
海气天风转浩荡，椰林遍野总堪珍。

【一】指五指山。

【二】海南气候南北分明。

【三】龙滚河、万泉河、九曲江谓之三江并流入海。

【四】观音伏鳌故事。

【五】亚洲博鳌论坛。

七律

三亚三角梅

二零一三年二月五日

姹紫嫣红遍酒家，护墙漫道向天涯。
问渠那得人偏爱，闻道此花是市花。

五言

避寒海南三亚湾致髯公东岳四十韵

二零一三年春节

初识城南隅，青春英发时。相见俱恨晚，宏论各致辞。
君言必希腊，谈吐如铁骑。语及民主制，卓荦吐虹霓。
不知循俗道，昂然冲霄姿。笑尔宁馨儿，浮士德之子。
辗转渭河滨，忽又拜研师。情伤三秋叶，抛却学与医。
乘兴泛商海，意顿养兔罴。书生似樗散，竟尔存余资。
纳凉草堂树，夏夜月依枝。或探太平峪，或读敬德碑。
明年访蜀道，复行东溟陲。潜心磨一剑，冥思书斋居。

西学並老聃，往复穷理思。
我嗟官场险，转身寄泮池。
碌碌无为恨，羞作孔方痴。
八方任纵横，山水多阅之。
成见犯众怒，常与尔相违。
人生各异途，谊久比紫芝。
心绪颇相近，足可存义歧。
生趣兴无限，不畏山道崎。
相得更益彰，举案与眉齐。
纵论天下事，常令少年奇。
元龙发高论，永泰持学规。
松老凌风劲，嗤笑大王旗。
浩风荡归云，三亚念须髭。

三年成《通论》，破晓啼晨鸡。
谁料宦风淫，跌挫办公司。
幸存真情性，放襟江湖驰。
所爱赋与史，又重毛润之。
虽孤亦所得，愿景待有期。
花甲倏忽过，可持惟经诗。
君喜得新妇，春风润物滋。
朝起习瑜珈，晚饺谢贤妻。
秦地起微飔，诸友鬓有丝。
辩析今时势，夤夜不知疲。
严老沉议多，汉生皆恳词。
天涯又逢年，遥望春雨迟。
随雁道珍重，小心携梅枝

七律

七十年代初之一梦

二零一三年一月十九日

入梦忽临宇外谷，空山鬼卒持弓哭。
垂云眼望落勾月，合雾息微游《神曲》。
峭岭阴冥沟壑幽，纤风凝滞生灵伏。
觉来余悸对青灯，烛影斧声正失鹿。

七绝

怀古

二零一三年一月二十六日

重瞳破釜霸西楚，英妙弃繻死异乡。
决绝人生非易事，先成后败费思量。

七绝

有感

二零一三年一月二十六日

凄风疲旅战罗霄，播雨神州洗百僚。
麾下夺情谁料得，十年控诉甚前朝。

七绝

忆少时

二零一三年一月二十八日

中学时光好读书，谁知壮志早年除。
忧情风雪灞桥上，追慕唐人跨蹇驴。【一】

【一】唐郑綮说：诗思在灞桥风雪驴背上，别处何以得之。

七律

所思

二零一三年一月三十日

大道危楼日日增，舞厅摇滚跌歌声。
别墅娇藏拥少女，珍羞饫餍弃残羹。
梨园胜宴招鼙鼓，细柳云骑扫北庭。
忧虑奢靡动国本，民风质朴养哀兵。

七律

忆数年前春节前游小三峡

二零一三年二月五日

壁峰夹岸如仪仗，晨入峡江嫩绿寒。
飞銮冷云滴急雨，过峤暖曙照晴滩。
不闻归去知山径，惟见出行点筏竿。
凤尾萧萧围苗寨，迎宾渡口唱云鬟。

七绝

咏梅

二零一三年二月七日

暗香踏雪访寒梅，一树劲枝点点开。
万象严封春讯息，幽魂飞令响雷来。

七律

过勉县武候祠

二零一三年二月八日

孔明事业随云散，丞相遗风万古标。
天下三分光熠熠，益荆一隔木萧萧。
南征泸水春秋业，北出祁山起落潮。
最是诚心与尽瘁，唱传千载到渔樵。

七律

遥思

二零一三年二月十日

雄飞百代去疮痍，求索鼎彝两卷诗。
割据罗霄激荡日，释权闽赣寂寥时。
为除黔首二重苦，决斗官僚一点私。
宏景未成悲鹤去，遗金充国女无资。

七律

由循化天池往临夏道中

二零一三年二月十六日

巨壑吞川野气茫，身如蝼蚁入山荒。
河沉深峡浪漩急，日出危崖云影藏。
妻女三人行色怯，土回两族古风长。
扣门借水犬无吠，路转遥望又一乡。

七律

行循化黄河山道

二零一三年二月十七日

雄峰右傍左深谷，浊浪急漩相怒逐。
崖畔訇然退转微，直如碾过雷车忽。

七律

咏身

二零一三年二月十九日

通史外公善弈邻，衔恩蓄志少贫身。
谁怜优卷录偏错，余悯黑遗理最真。【一】
甲胄从来报故主，衣冠未肯揖新臣。
虽蒙紫绶垂青眼，终是不平一异人。

【一】文革初余抗争歧视「黑五类」事。

七绝 新韵

由陕入川抵甘

二零一三年二月末

清明夜雨冷秦川，晓起寻春过蜀山。
不觉西行入绿樾，鸣蝉二月到甘南。

七绝

绍兴柯岩云骨[一]

二零一三年三月四日

一朵石云升碧空，飘飘惭杀鬼神工。
柯岩名大景观小，水韵斯文山气雄。

【一】云骨，石匠采山石历数百年，仅余一石若云，谓之云骨。

七律

杭州西湖

二零一三年四月二日

踌躇几度叹流年，放艇西湖四月天。
俶塔鸦楼归北宋，断桥莺啭引蛇仙。
林逋洒脱梅依鹤，苏小风情柳带烟。
旖旎波光最羁客，何时于岳忘腥膻。

五绝

西湖夜舟

二零一三年四月二日

微灯柳晕影，丝板越音遥。
碎月浆声静，清泠秋夜寥。

七律

奉化岩头古村

二零一三年四月三日

是年春日，细雨绵绵。余与兄及安元往岩头古村，此村系经国先生之母毛氏故里。亦毛姓聚族之村落。明初祖为状元毛澄，民国有空军副司令毛邦初。毛氏故宅有族谱，竟与毛泽东均为毛旭之五十六代后人。

深村老树古桥斜，石遏岩溪激瀑哗。【二】

兄友热肠充向导，春雨阴绵趁轻车。

占鳌牒续毛澄第，飞将宅连废后家。

漠漠轻岚流仄巷，悄陈血脉导师赊。

【一】村外岩溪喧哗。

七律　新韵

雪窦寺遐想

二零一三年四月五日

竹影成丘月照松，小僧睡眼杵晨钟。
胖佛笑对三千界，癯帅愁临四月风。【二】
春草竟喋袍泽血，【三】冬阳何怨浴妃宫。【三】
慈湖衮冕方堂寂，武岭游人到韶峰。

【一】是月解放军过长江。

【二】二七年事。

【三】三六年事。

七律

答卢君

二零一三年四月十二日

秋雨咸阳一掬泪，青春渭伴恨多非。
通贤毕竟耻私见，志士从来蔑己肥。
创业雄魂儒总詈，跟风西崽我相违。
江河不废流千古，湘水浙潮岂式微。

七律

九寨天堂

二零一三年四月十四日

与书欣及胡平夫妇往『九寨天堂』宾馆。宾馆大堂为一玻璃建筑，堂外风光俱览无余。室内有羌寨式各式餐馆。且小桥流水，黑鹅花卉。空场处有烧烤饮食。晚有藏族青年男女围舞『锅庄』，亦有宾客被邀共舞。余来此观景不下三次。

九寨晶宫飘雪峰，四围山色染青松。
临炉围待羌羊炙，登阁争观藏舞风。
豪放男儿腰带剑，挺英少女帽垂绒。

推门碧落仰天望，靛玉莹莹嵌月弓。

七绝

杜诗

二零一三年五月二日

读诗深感杜诗醇，字字声声叹绝伦。
掩卷出郊游几日，归吟境味又知新。

七绝

访西安钟楼下民信同窗宅第

二零一三年五月三日

谒宅长安最闹尘，马龙车水毗喧邻。
令堂风古妹纯朴，诧遇桃源隔世人。

七绝　新韵

答解君

二零一三年五月六日

故园风雨涌心来，半喜半忧双鬓白。
解语同窗温慰意，菊花蓠下我难栽。

附解民信来诗

岁过六十已为稀，耳顺圣人却难觅。
人生自古谁无老，从容平淡是真谛。

七律

致民信同窗偶感

二零一三年五月六日

记得当年无点尘，春风球弈笑天频。【一】
飘柔岁月送青发，鲠直心情老报人。【二】
节后节前会耆友，山南山北待慈孙。【三】
人生最是难称意，老幼欢愉庭满春。

【一】解民信年青时，极喜兰球、象棋。且常仰天大笑。

【二】民信一直在安康报社工作至退休。

【三】其老母年九十居西安，幼孙与民信居安康，甚爱。

七绝

赠鉴亮同窗

二零一三年五月七日

活络练通少入尘，多年商海若游鳞。
居秦自幼饮秦水，风度终为沪上人。

七绝

七三年咸阳旧事

二零一三年五月十日

『知匪』四千入考棚，校园鼎沸问书声。
林间旧友逢刘董，【一】府试夺闱前八名。【二】

【一】遇到董建桥、刘雅儒同下考场。

【二】雅儒从地区招办付主任处得知，我三人均在地区考生前八名之中。

五律

存难

二零一三年五月十三日

繁华弦管地，东海偃龙旗。民主何汹涌，藏疆必失离。

重金寻去国，大众富求迟。进退难举措，不平怀润之。

五律

无题

二零一三年五月十三日

黔首哀无语，轻裘肥马儿。曛风吹醉者，寒月照清诗。
衮衮多庸士，飘飘一白衣。强秦正合纵，吟泽几人知。

五律

由昭化往剑门途次大朝古驿

二零一三年五月十五日

大朝古驿壁载：宋陆游自汉中前线往成都，途次大朝驿站。见粉壁题诗：『……一枕凄凉眠不得，呼灯起作感秋诗。』急询之，乃驿丞之女所作，即与女作竟夕之谈，平明驴载女同入剑门而去。

古道无车迹，蜿蜒抵剑门。半街枕青壑，【二】亭驿接云村。
鸣鸟群山寂，廻风万木欣。感秋眠不得，书剑载诗魂。

【一】大朝驿小镇只一条街。首接驿道，尾悬临山谷。

七绝

习诗寄严君解放

二零一三年五月十六日

不看魏紫看残菊，骨格宜应魏晋风。
未敢诗成专自品，听评最爱待严翁。

五律

梨花

二零一三年五月十六日

楚蕊浮微绿，玉容掩凄凉。
出尘雍雅态，霑露动情伤。
自重冠衣素，不讥桃杏狂。
怕闻夜雨紧，一样落寒塘。

七律

临别呈解君

二零一三年五月十七日

天性乐观一解翁，文革何处唉悲鸿。
但知球场身驰骋，无念辍学意偬倥。
虽去秦山寂寞地，却赢报社管城功。
光阴倏忽颠飞雪，仍是洋洋流水风。

七绝

读马家俊先生诗集

二零一三年五月十二日

马翁闲赋诗千首，最感秋风送菊花。【一】
旷达胸怀遗世立，晚霞自是胜朝霞。【二】

【一】指先生悼亡妻菊姐诗。

【二】指先生诗集中录有与『工宣队』诗。

七绝

农历五月中旬一夜

二零一三年五月二十一日

衰病鬓摧不自哀，千红万绿望楼台。
萦怀国运竟觳觫，昨夜明君梦里来。

七绝

无题

二零一三年六月三日

群芳竞斗殒荒台，吹送寒流恣意回。
设使老梅香不断，春风能不自天来。

七绝

乘直升飞机游科罗拉多大峡谷

二零一三年六月四日

雄沉壮阔叹荒遐，势压大河如细蛇。【一】
深峡悬机纷往复，【二】蚁人崖畔指昏鸦。

【一】大河，指科罗拉多河自峡谷中穿过。
【二】悬机，直升飞机载游客穿谷飞行。

七绝

花咏

访美国圣地亚哥之风情小镇，路旁户外处处栽花，故而有句。

二零一三年六月十日

重紫深红傍道涯，悬盆绕院尽人家。
莫非西晋槎浮海，潘令流风一县花。【一】

【一】西晋诗人潘岳任河阳县令，命全县遍种繁花。

七言

如雀令呈美加行一百二十七韵

二零一三年七月三日

万里飞行绕北冰，半日即降多伦城。【二】才羡小镇油画屋，更惊洪瀑如雷訇。
腾雾遮天天色暗，雾化骤雨洗人面。强睁泪眼看飞流，汹涌飞流击岩乱。
绿幕横空垂千尺，纷纷化作百千练。群鸥不敢逐水飞，凄励声声停崖堑。
登高俯瞰双瀑流，暴瀑未下竟滟滟。娴静狂暴只一瞬，始信水性倏忽变。
西辞过境布法罗，夕阳未落到纽约。纽约巍楼如林立，最喜美国美食多。
鱼虾蟹蚌凭我取，蔬瓜薯菽玉米颗。猪牛羊肉并家兔，香蕉苹果与菠萝。
推碟复捧冰激淋，美元只需八元多。闻道加州广袤地，他年犹属墨西哥。

今日始解曼哈顿，无非巧取与豪夺。强势文明火与剑，弱邦国土忍泪割。
悲我故土亦厄运，急追宏图慎改革。天下何日持公道，环球遍唱和谐歌。
止评收思华尔街，第五大道匆匆过。广场协议此处谈，停滞日本二十年。
巨屏流彩目频转，更有裸女可围观。裸女修长含笑立，搭肩合影十美元。
奔放自由无非议，礼义宜严不宜宽。联合国前沿街灯，稍息脚力倚矮松。
斜出邪姬散纸报，搭语便作蚂蟥叮。恶言争诬无顾忌，惹起万兄与张兄。
义愤奋斥巫蠹女，二老战退法轮功。费城此国第一都，星条旗卷纤云舒。
老街马车碾石路，游客几人知当初？巴尔的摩濒海湾，海鸥声声送帆船。
丽日彩厦照水影，水中彩厦色更妍。轻快风情小城韵，城韵冠绝美利坚。
但恨限时催行急，何日款款再游还。晨起都郊闲趁步，隔路排帜迎风竖。
微澜深潭野草绿，雌雄戏水浮双鸳。无栏无标无哨岗，不知不觉不意入。
信步拈花兴味起，忽听军车鸣声突。跳下军士二三人，索我护照笔登录。
复查摄像机中影，影中只有旗与鸳。翻笑语我无麻烦，『导游来时可去速』。
最谢唐导费偏劳，温和憨态似熊猫。异国掌故多告知，尽职尽责一同胞。

旋临穹顶议会厅，洁白如云叠云重。
青天遥衬似仙阁，长年误认是白宫。

林肯坐像真肃穆，悲悯苍桑大仁风。
辞堂对湖澄波碧，回身不禁一鞠躬。

方尖塔高入青氛，杰斐逊昂立云身。
独立宣言醒世界，『生而平等』似雷奔。

转临韩战碑文镌，霸主折戟大损兵。
联合国军二百万，志愿军前拜下风。

所憾未约诋毁者，渡海来看敌旧踪。
遥想共和国初立，满目疮痍废待兴。

隔江忽听传警报，劲军潜出卧雪冰。
一战荡抵三八线，伟哉中华毛泽东。

长途飞抵达拉斯，转机拉斯维加市。
茫茫戈壁无寸苗，竟建豪华博彩肆。

平地座座奢酒家，吸引全美喜赌士。
厅里习习秋风凉，不顾室外炎阳炽。

夜游流光溢彩城，竟拟火山喷岩腾。
水火相激起白烟，直如海山斗蛟龙。

意犹未尽焰火尽，满街争跳迪斯科。
黑人白人扭腰跳，中有小韩陈玉歌。

欢乐有如年十五，无奈不等回程车。
回返酒店人已睡，一轮明月泻银波。

大峡谷气势雄沉，浩浩荒野迫日沦。
点鹰盘旋惮降落，长流无波失呻吟。

依崖孤树成衰草，强压巨石如细鳞。
万千游客若群蚁，天气凝滞定微尘。

微尘可知太古纪，山崩地陷惊鬼神。
落基山秃无林溪，鸦飞烈日何处栖？

方愁山道费盘旋，片刻已近洛山矶。
花丛木屋临池水，屋虽简陋亦可居。

明晨餐后行车聚，欣见唐导窈窕妻。
赠我甜点表心意，或可稍解腹中饥。

美墨边境有小镇，小镇风情别样韵。
繁花掩尽沿街店，童话世界火车站。

独木巨冠遮日光，儿童草茵戏伙伴。
中途号上人如织，圣地亚哥泊母舰。

甲板战机约十余，广厅可摆万鸡宴。
艨艟服务多老兵，和蔼童心性灿烂。

说到曾到重庆行，哈哈吐气笑辣饭。
人民如此可亲近，政府何为逞凶悍？

翌日转道电影城，星光大道嵌新星。
半山涂字好莱坞，最爱4D飞太空。

直刺青冥驾电掣，耳旁时起星撞声。
翻转忽向银河系，迎面呼呼宇宙风。

千百天体擦身过，快意大叫释心惊。
返程直入铁石堕，疾若扑食掠地鹰。

影棚处处可拍摄，但见唯真善冲锋。
忠驼不及忠全甚，唤取拍照频频应。

林巅黄鸟鸣流啭，翠羽亦应愧艾清。
精神快餐颇丰盛，归途群客仍酩酊。

越洋七千六百里，飞抵翡翠夏威夷。
亚热风光最旖旎，风摆椰树穿黄鹂。

绿山不高势却峻，怒云往往涌山齐。
碧涛簇浪滚白雪，斜阳献出七彩霓。

山腰连天青草绿，却寄游魂背乡离。
少帅虽寿归不得，入土只伴赵一荻。

和歌倭舞闹中宵，黄种人群处相宜。
菠萝园内美菠萝，色艳形圆俯身割。
团团白云如棉絮，缓缓流动依山阿。
卖豆少女清丽貌，热情稚气善交谈。
举臂相交助传意，自称混血华菲传。
土著草裙抖腰舞，胖男专爱肥婵媛。
乘间离舱船头看，霞光绚烂铺满天。
落日抖擞放光芒，云间斑斓五彩色。
琥珀和云相交溶，索性半天青紫射。
东飞跨海转北途，旧金山到西雅图。
落地待飞时尚早，小走花市看菜蔬。
须臾又乘机西行，昏昏欲睡踏归程。
旅友嘱我写游记，俗作长句权抵充。
信知旅游神仙事，至今恍处碧霄宫。

有道三百六十日，日日笙歌乐不疲。
海风阵阵任南北，高树簌簌舞婆娑。
夏威夷豆香且甜，浅尝几粒更觉馋。
问我是否中国人，听答得意展欢颜。
大海深处沉落日，列队登临梦之船。
尽欢乐中伴岛歌，平添离怨带缠绵。
靛云垂波转淡墨，飞渡苍海吞日落。
低处任抹胭脂红，中层又添金琥珀。
绝美晚景实难舍，自信此行不虚过。
凌空扑窗映雪峰，惊呼顷刻即飘无。
唐导肩挎相机九，合照全团游兴足。
东倒西歪鼾声起，梦中犹自带笑容。
归国半月心未定，思绪时回游历中。
我等今生皆垂老，游观名胜须兼程。

夕阳黄昏无限好，晚年平添一段情。

【一】即多伦多。

七绝

少读三国

二零一三年七月三日

少时偏爱读三国，神往子龙与卧龙。
最是教人嗟仰者，无人高节比陈宫。

七律

悼方志敏

二零一三年七月四日

聚兵绝境奋旌旗，亡走群英余二麾。
鸿雁难传一笺字，云山未隔两心知。
清贫忍泪怀中国，重镣临行荐润之。
若许当年身不死，桃源耕辍待方师。

七律

赠忠明同学

二零一三年七月五日

三业入黉三度秋，贱门惴慄与君游。
老师传道心翻远，学子矫情意未休。
除品谁知奉薄禄，回潮我料作末流。
艰辛忍辱争拼苦，星鬓萧骚登戍楼。

七律

打工妇

二零一三年七月十一日

两禾岁收难敷出，随夫千里打工忙。
谢恩国税田才免，转惧化肥价又狂。
慈母街头疑幼女，小儿梦里呼亲娘。
年终风雪乡关阻，劳碌怅怅忧断肠。

七绝

秋叶

二零一三年七月十二日

卷地飚来叶尽空，喧哗阵阵向苍穹。
未思舞罢终飘落，翻笑疏枝不逐风。

七绝

无题

二零一三年七月十三日

《北风》低唱体生馥，十五娉婷轻似鹿。
难忘匆匆回一瞥，春光秋水照青竹。

五律

与友入南山雪谷避暑

二零一三年七月十四日

城中争溽暑，晨起入山乡。
晖浴高林绿，风传野草香。
悦心闻鸟啭，沁腑吸溪凉。
回看长安暮，重霾吞野茫。

七绝二首

早年乘火车返乡途中夜出潼关望远城灯火

二零一三年七月二十日

其一

黢夜无边人入梦，铿锵节奏过风陵。
乡愁难遣依窗望，闪烁天涯数点灯。

其二

万象遁形夜气重，波摇流火接寒星。
不眠想像深山处，游动参差似冷萤。

七绝

叹儒

二零一三年七月二十四日

新儒怎及古儒心，不问苍生但问金。
郑燮返身今世上，衙斋萧竹诉空音。

七绝二首

自况

二零一三年七月二十七日

其一

人多老去偏沉寂，白发难摧少壮心。
不是性情多怪戾，《箫》《韶》绝响《郑风》淫。

其二

两朝风雨两重情，苦恨尝知自不平。
愿学冰臣随大计，【一】权衡两极取其轻。

【一】鲁迅诗云：『无奈臣脑冰如故』句。故称其为冰臣。

七律

忆少时

二零一三年八月五日

余年十一，回浙江祖居。然余两岁即至外婆家，外婆待我如同嫡孙。乍回浙江，人地两生，父不在家，母倍操劳。兄弟姐妹虽众，而实因自幼未处一室，终与彼等之情分有别，总以西安外婆处为我家。故日日思念外婆，亟返西安，以至妄思。

伐薪旷课东山上，【一】落日溪风独怅望。
缓缓云牵亲舍念，【二】萧萧竹诉影形伤。【三】
总疑客道车忽驻，即见外婆头未霜。

一日长安资信至，他乡情迫胜家乡。

【一】偶而晚起，恐同学笑我北方口音，即旷课去打柴。

【二】白云亲舍：唐狄仁杰赴山西任，过太行，至峰巅，回望天际白云，对随从道：那白云下边就是我父母亲人的住所。

【三】影形伤：李密《陈情表》有：『茕茕孑立，形影相吊』句，孤独之谓也。

七律

穿行塔克拉玛干大沙漠，见胡杨咏怀

二零一三年八月十五日

壮心何至惜残年，北望宏图意怅然。
为遣愁情横大漠，却依虬干寄蓝田。

苍颜十二封骁将，金甲三千作控弦。
踊跃当随班定远，边庭底定月高悬。

七律

转呈罗公

二零一三年十月一日

读《走过的印记》有感，并呈著者罗公。

椿谢苦离才十二，强撑家计似丁年。
隔传密技终归德，擢拔纯良岂在天。
厚朴方能经骤雨，亲和最易结人缘。

一篇读罢倾心处，竟补煌煌信史篇。

七律

悼

二零一三年十月四日

余观永泰赍余短文。记女同事殉情事。淡妆静卧，旁置花，恐其萎，以绳汲盆水滋润之。女逝旬余人始知，而花犹盛开。

蛾眉淡扫赴幽冥，三度赵君说玉卿。
泪到尽时情最痛，情生极处念无生。
了空玄发思白石，[二]犹汲红丝滋绛英。

想见长辞尚牵挂，炊烟不忍笼荒茔。

【一】《列仙传》：神仙以煮白石为食。

七律

初冬雾中上终南山

二零一三年十一月四日

久怀远虑寻迷径，不见危崖但见松。
斜破角檐飞雾幔，流绵半寺响禅钟。
涛声澎湃疑临海，黄叶飘零信薄冬。
四顾茫茫觅无路，微曙乍现转无踪。

七律

吊屈原

二零一三年十一月十五日

直言拒谏逐宫门，泽畔难容渔父村。
谁料秦王指铁马，枉讥屈子放诗魂。
江山万里云翻影，气象千年雨辩痕。
长叹一声吾老矣！青山黄土不堪论。

附解放诗：倾接国良大作，悲歌慷慨，和之以赞。

皓天从不映宫门，青山绿山在远村。
心禀正义当有慰，还将此情追楚魂。
天际朱阁空有影，志士苦心催泪痕。
夕露沾衣人老矣，歌以咏志可堪论。

绝句　支微韵、拗绝

登喀纳斯观鱼亭忆作

二零一三年十二月

长驱西碛到边陲，天飘雪岭动心扉。
回望玉关腾紫气，报传瑶女得麟儿。

绝句

酬培瀛二十二日阴霾见寄

二零一三年十一月二十六日

操琴翰墨国学身，吐纳修禅似上人。

白鹤青云离世俗，愁看渭水起霾尘。

附培瀛诗

连日阴霾不散，窗外楼间雾气灰蒙，看天空中红日如灯笼，平日吠犬，今亦悄声。书不得，琴无心，奈何！

至日静坐耐天寒，阴霾隐日不忍看。
墨砚诗草任笔走，书罢操琴总一般。

七律

得至日王君和忘翁诗遂吟

二零一三年十二月十四日

天涯隐隐走飞砂，紫陌轻车俱赏花。
网上心潮常涌月，梅边足迹总亲裟。
关情萧竹非儒统，习静老松是道家。【一】
何事清吟寻不得，相邀猿鹤泛星槎。【二】

【一】关情、习静：郑燮、王维诗中语。
【二】猿鹤：随周穆王出征之将士半为猿鹤半为沙虫。

附培赢诗

至日和忘翁

二零一三年十二月十二日

一阳初起又复回，万物运生主是谁？
积情全神惟德誉，去恚去嗔去心贼。

七律

致张老

二零一三年十二月二十日

今冬赴越南旅游，同行以张老夫妇年事最高。然张老意气清朗，生趣盎然，吸菸则或精制雪茄，或以玉米芯作烟斗燃以烟叶；品酪则携白酒三种，红酒一种，随时细酌，与其孙女互以『臭香』相戏称。春节将至，赠诗一首。

安南昔作古今游，处处田园似九州。
异国难存景绝妙，同行幸有叟清流。
生精熏火黍菸斗，赤白随身杯酒浮。
直慕趣生高品味，戏呼香臭笑春秋。

七律

丽江

二零一三年十二月二十五日

甲申年正月初三与书欣小居云南丽江纳西人家。翌日晨曦初露，玉龙雪山竟幻成淡紫。庭院内外花红柳绿一派春意。追咏之。

微曙鸡鸣门未开，急呼妻梦上高台。
空溟月隐弦痕去，虚岭雪凝紫影来。
庭院墙花寒节弃，溪城街柳暖时栽。
纳西流韵今犹在，童引旅人入径苔。

五律

春节寄张继刚君并致问候

二零一三年十二月二十九日

夏阳钟毓地，卓荦出灵芝。
骨法平庚信，宦游胜范蠡。
蹭蹬袭冷雨，腾跃赖春熙。
长岁未相问，晨昏每念之。

七绝

寻史

二零一四年一月一日

秋思春梦两多情，去岁云游过楚城。
索遍书坊无信史，归闻满耳贺年声。

七言

武隆天坑石洞歌

二零一四年一月四日

天洞巍苍鬼骇啼，天河漂转色凄迷。
天星颤落充杀气，天幕斜倾逗岫曦。
天籁细幽魂魄动，天魔舞蹈蝎蛇稀。
天马隆隆奔天洞，天兵威烈整戎衣。
天草悬空遮洞月，天流桥下走云旗。
天空窅穴露飞湿，天畔遥遥闻爽篪。
天桥飞渡牛郎笑，天女嘈嘈织锦霓。

天荒地老生天洞，天帝遣工挥斧迟。

七律

自嘲

二零一四年一月十九日

入泮初知棋与史，临歧晚探理同工。
曾蒙紫绶垂青眼，无奈旧习背好风。
霜剑两番伤意气，雕弓再次射虚空。
人生竟未持明鹄，衔职得来类败蓬。

七律

忆就读西安市二十一中学寄严君锦兄

二零一四年一月二十日

丝雨云窗戏古文，李桃灼灼共春心。

悄然锦字魂牵梦，卓尔学科双好音。

情被翼飞亭总绕，路为斗折槛难分。【二】

三秋甘露沁心骨，魏晋风流忆菊林。【三】

【二】西安市第二十一中教学楼系日式木楼，顶端有飞檐小亭，建筑平面呈「工」字形，而有绕廊栏杆。

【二】三十一中解放前名『菊林中学』。

七绝

稿酬

二零一四年一月二十二日

豪攫国资为己谋，反诬领袖取书酬。
《炎黄》听惯春秋语，都是伤心积旧仇。

七律

有感次杜牧《润州》诗韵

二零一四年一月二十五日

乍起雷霆值劲秋，放情曾作帝都游。
当年文革无痕迹，眼下城乡多酒楼。
大抵官员多腐败，可怜耕者最迁流。
月明更想雄魂在，卷外能销万古愁。

七律　宽韵

梅

二零一四年二月一日

甲午春节访酉阳桃花源归，过罗平山野小院。有梅十数株。余心仪久矣，且初识之。乃赋：

蜀水巴山雨雪纷，苍茫心事酉阳春。
短篱群艳疑红杏，修蕊孤标识驿君。
和靖园吟曾忘酒，放翁桥断更销魂。
停车不忍时归去，日暮盘桓绕野村。

七律

网思

二零一四年四月九日

滚滚沉雷动九州，茫茫赤帜压高秋。
风来鹞隼俱高翥，潮落螭龙不尽游。
谋国远思忧五代，临终失女哀高丘。
山河阅尽少英烈，退却洪波笑我流。

七律

赴沪得鉴亮诗见寄

二零一四年四月十七日

我游秦北君巴北，今赴海滨君渭滨。
恨别少年临汉水，怅居几载陷黄尘。【一】
风生共举翔云翅，耆至同怜探路身。
且喜传诗飞绮绵，归时再访过来人。

【一】当年鉴亮分配到安康工作，想来对他不是件愉快的事。而我既感无人生希望又整日在尘土飞扬的车间里工作。

附姚鉴亮来诗

一别依稀又经年，却忆少年赴陕南。
未惧风雨江水急，一肩纤绳过险滩。
人生坎坷多危难，换得老来有清闲。
儿孙绕膝自添乐，更有情趣古漪园。
亭榭处处知古意，竹径幽幽节气寒。
今有闲暇复君意，盼得同窗叙旧缘。

七律

文革初年

二零一四年四月二十一日

断巷荫榆孤寂人，花虫打卷落苔茵。
带愁秋水盈盈漾，撩梦惊鸿呖呖嗔。
咫尺天涯传怯语，迷离柳网绊铅身。
鹑衣帐立菊园里，飘出神仙绝望尘。

七绝

得解君诗归安康送别

二零一四年四月二十六日

苍颜不觉数流年，一段青春甘且酸。
昨日相逢今又别，但从心底送平安。

附解民信诗二首

芸芸众生有缘识，沧海浮云幸相知。
人生难得一知己，心有灵犀最相思。

又

相聚不易别亦难，千言万语默无言。
面带微笑挥挥手，来年有缘再相见。

七绝

写小豆豆半岁

二零一四年四月二十八日

凝神视客定瞳久，倏忽粲然一笑欢。
最是足摇急吮后，兴如牛背跨狂颠。

七绝

陈年故友趣事

二零一四年五月五日

莺啼已诉战车边，怒发男儿劝泪潸。
缄口何须传夜柝，泥封塞断一丸关。

七律二首

与内人咸阳早岁纪事

二零一四年五月八日

其一

春暝雪夜苦时短，深沐玉兰幽细香。
九看梨花对清影，两搴柳絮别神伤。
闲怡小坐岂心静，焦渴约逢常意慌。
纵任心波飘一苇，国哀时节踏湖光。

其二

云黑方池草木森，流光珍重月西沉。

山藏润玉生香泽，湘濯青丝照素心。【一】
碧海初看珠吐蚌，瑶台乍听凤飞琴。
却因霜重情更重，隔世蓝桥再度寻。

【一】素心，心地纯洁。

七绝

畴昔

二零一四年五月二十三日

携卷畸行一啸生，青春但与水云盟。
漫言我是清寒子，尽得青鸾婉转声。

七绝

越南所见

二零一四年五月二十五日

新庙多临国道边，汉风欧雨竟缠绵。
原非我具陆云笑，【一】字母拿来作对联。

【一】晋陆云，有笑疾，见人见事多发笑。

五律

兰田汤峪闲居

二零一四年五月二十八日

夏夜星初落，幽空度寺钟。
梵音闻卧榻，鸟啭自高松。
隔牖层峰翠，推门旭日红。
上林汤喜沐，晚坐柳庭风。

七律

寄内

二零一四年五月三十日

望柳临风最脱尘，同窗三载未操琴。
可人璞玉待精錾，依我绿云好凤音。
品卷总怜灯怯语，抨论每听夜惊心。
经过风雨相携老，偶嚼苦甘回味深。

五绝

为瑶瑶之仁和地产可研报告所题

二零一四年六月十日

高构出云表，飞茅思杜诗。
仁心怀万象，和风度四时。

七绝

望北

二零一四年六月二十日

九垓播遍紫兰丛，摇落芳华竟尽空。
一瓣心香聊告慰，孤梅昨夜绽初红。

七绝

东北行

二零一四年七月二十四日

林送花迎千里风，白云伴我下辽东。
无穷绿野连天际，拟报今秋又谷丰。

沁园春

答友

二零一四年八月十六日

甲午年与友漫游东北、内蒙。归来得汉生词，伤同事被解聘，旋草应赋：

白桦蹊迷，碧草啣云，仙池洗天。引者友驻足，龙荒妙境，却又哀悯，野栈呼传。近月归来，汉生谓我：解聘属员悲寄笺。思量起，导师谆谆教，忧虑因缘。

伤痕咒詈连篇，当年山呼声如噪蝉。奈月刊伪证，胭脂手印，铄金众口，沧海桑田。才俊飘零，同心傲拗，望北辰翻觉凛然。幸天外，角笳声隐隐，不尽流绵。

附：汉生《贺新郎》为无奈离职的年轻同事而作

八月归来后，起风云，雷鸣雨骤，冷侵衣透。留去慌忙皆突兀，惟见形单影瘦。恐无助，望天扶佑。失意人生常伴有，迸豪情，独酌沉声吼。歌一曲，自弹奏。

多年旧事难回首。问苍穹，韶华将逝，理由谁咎？遥想家乡重抖擞，却又依依掩袖。不忍看，同窗挥手。只盼时光能稍定，别教人，从此余怀旧。心意决，往前走。

月下笛

寄友

甲午夏，与汉生游关外，归来闻汉生怅怅，寄词相慰。

万里长驱，茫茫林海，白云停处：方思仙步，阻断龙江天阙路。青春报国今犹记，劳瘁兼经风更雨。叹霜染双鬓，相看一笑，栈灯同语。

谁道风华暮，半生抖缁尘，比飞鸿鹭。虽行坎坷，何曾埋怨酸苦。春风蹄疾长安陌，衣锦插花还记否？落拓不减淳风，社稷依然老树。

朝中措

自况

二零一四年九月二十一日

争功名学问无涯，常梦里梅花。纵未兰台走马，逍遥抱吐云霞。

风华年少，虎跑借水，龙井留茶。散尽一生青梦，却成闲野词家。

五律

感怀

二零一四年九月五日

曳杖野山行，一亭过一亭。
霜风吹鬓染，卓石洞心明。
凝目幽天远，感怀千古平。
流华如蜃市，入夜梦常惊。

五律

夜宿中山仁合古镇晨起

二零一四年九月十八日

隔溪青笼岸，葱色满筠棚。
夜醒风过雨，晓闻雷歇声。
凭轩泥骇浪，悬胆石危城。
窄巷游人拥，卖蔬叫未停。

五律

四面山望乡台观瀑

二零一四年九月二十日

涛声訇不绝，高瀑挂云边。
纷飞下白矢，激射化轻烟。
崎岖宁退意？块垒顿销然。
何处寻仙境，休哉四面山。

七律

秋日登杜陵塬游杜公祠

二零一四年闰九初三

秋塬杂树绿黄红，曲径明祠谒杜公。【一】
干老紫薇庭独立，柯森翠柏屋围笼。
秋怀危峡心家国，吏别艰途泪妪翁。【二】
院寂苔阴无足迹，萧萧竹引少陵风。

【一】杜公祠始建于明代。

【二】指杜公秋兴八首，咏怀古迹五首及三吏三别诸篇。

七律

叹同辈诸公

二零一四年闰九初三

暮霭沉沉锁故园，流光照柳也缠绵。
壮青重岭望乡里，病老空巢对苦蝉。
佯醉浅言伤独醒，巧推深理敛公钱。
当年豪气嗟何在，散作轻烟下渭川。

七绝

寄友

二零一四年十月二十四日

潮涨星微渐岸平，惊心雁阵别危城。
觥筹夜宴谁真醉，懒听镜湖清啸声。

五律

秋日登杜陵原俯临浐水故道

二零一四年九月四日

昔思太古月，今睹澒荒流。
野莽秦原坼，苍茫汉阙秋。
琴心寄鸿雁，剑气斥公侯。
万念俱云灭，惟余屈杜忧。

七律

访台总统府故宫博物院

二零一四年十二月八日

长情久系到台湾，甲午伤心迹已斑。
陌路逢人皆厚朴，红楼[一]听导竟偏悭。
浅扬经国亲倭国，遍说蒋冤虚虏冤。
朝野北南拼两党，渺望渭水绕中山。[二]

[一]红楼：指总统府为日建欧式红色建筑。

[二]台故宫不仅设台人蒋渭水专馆，且居然与孙中山并称，何其谬也。蒋虽堪敬，然与中山对埒，相去远矣。

七律

独斟

二零一四年十二月十二日

空山雪夜独寒斟，霜落孤梅荒径吟。
揽月探溟小世界，功秦过孔大声音。
『景楼』悲洒英雄泪，【一】故国情牵领袖心。【二】
回首骑从竟寥落，暮年词赋转深沉。

【一】主席读宋陈亮《登多景楼》词大放悲声。

【二】曾作《有所思》一诗。

附：培瀛诗独吟步国良独斟韵

雪夜灯下且自斟，《独酌》赏罢忍低吟。
已无妄念创世界，唯一清静守息音。
酒醒平生多少泪，茶醉大千方寸心。
一书一琴一知已，几回升平几回沉。

七律

寄友

二零一四年十二月十六日

留存浩劫一寸心，强趁尚温辩古今。
硜硜但求谋肉味，芸芸那得识纶音。
江湖远路寻知己，山石短亭待共吟。
我自登临发清啸，野原空寂暮云沉。

七律

咏杜公祠中庭老梅

二零一四年十二月四日

冬阳暖暖腊花稠，半掩明祠小院幽。
耄耋何曾恋尸位，青春不至忘闲愁。
雷霆奔动军千骑，星斗转流土一抔。
讵料群芳凋醉榭，苍柯依旧暗香留。

七律

致名医胡平老友

二零一四年十二月二十一日

斫轮妙手几回春，贯夏通西病理真。
延泽悬壶递三世，流风医德哂双旌。
飘飘隐岫辞旧制，邈邈华都奉上宾。
总诧性情关耆友，如今不作水云人。

七绝

戏谑名医胡平老友

二零一四年十二月二十二日

丰腴活鲜思梦露，才情无意病颦儿。
何期健妇满京洛，多少悬壶挂欲迟。

七绝

自嘲

二零一四年十二月二十三日

示人七律未称奇，谁料亲朋多誉之。
短句此番石沉海，几分骨骼类唐诗。

七律

访东岳别墅又谒杜公祠见《杜甫传》有句

二零一四年十二月二十五日

紫阁小轩能问鱼，闽江弟子赠华居。
蟾光冷照梅著雪，落日泻红霞入庐。
醪醴论时高不切，茗茶推理总非如。
他年我辈乘风去，文化品流两不虚。

五律

上元节

二零一五年元月十五日

正月十五，瑶瑶以上元节为题索句，然老人观灯心境与儿辈迥异也。

华灯闹上元，微雪湿童燃。
爆竹响停歇，流光动可怜。
四围寒雾逼，一屋暖春蜷。
对镜忻翻惧，匆匆又一年。

七律

自况

二零一五年元月十七日

闲坐曲江春日迟，平生费解一书痴。
大忠必定存肝胆，小节何妨去忸怩。
因过摘冠何有过，判赀借路却盈赀。
小康赢得同人赞，耻道个中烦恼丝。

七律　宽韵

游桂省西北两胜景

二零一五年正月初四

由广西乐业大石围至河池七百弄龙卷地，慨其塌陷地貌之壮阔，遂有句。

大石围坑气势沉，猿愁蛇畏鸟惊心。
崖危孤柏挂南斗，冥碧繁樱映雪魂。
龙卷下旋过万仞，苗歌摇曳响纤云。
塌深任是更深处，留有当年大寨畇。

古风

四十二韵呈友

二零一五年一月二十二日

自从巳未后，物欲渐横流。民膏遭骗掠，劝导甚胡诌。
分流频下岗，工龄明码售。初闻犹温和，煮蛙初不愁。
为国分忧虑，营生一旦丢。辛勤三十年，家徒四壁留。
保障随风散，悲悸得自由。三千万劳工，一夜如离鸥。
身手有技艺，转投新工头。少资少能者，蓬门置摊羞。
靓女有姿色，红灯暗娼俦。忆昔清平日，虽俭无愁眸。
四十八钟点，衣食庶无忧。虽则多会议，暇时尚垂钩。

兴逢节假日，合家作郊游。　小儿置车前，中儿载车后。
长女亦单车，驮母衣素绸。　昂昂国家主，虽虚意自踌。
昨日逢此叔，发焦精魂丢。　木纳蜷厅隅，贤婿午餐留。
默默无言语，视余如浮游。　饭后开电视，中有暴富流。
气态颇豪奢，拥女入酒楼。　彼目忽视我，目光露乞求。
我尚未启齿，其婿即开喉。　『成功企业家，社会贡献优』。
言毕如电击，震慄转哀愁。　我知此叔意，望我斥豪仇。
可怜老工人，仅存此念头。　我竟迟反应，未及解丝犹。
事过十余载，寸心尚怅惆。　或有几强人，位尊多善谋。
攫资乘风上，华衮青云浮。　智识捧市场，鼓吹先富猷。
『一富带多富，共富全神州』。　星移斗又转，至今尚鼓喉。
今翻旧刊报，拍案并作呕。　遍观全世界，基尼数堪牛。
何人反身问，追责滥觞头。　理论本有误？　贼心国资偷。
智者频告我，发展不可丢。　岁月去已矣，多少土一杯。

七律

玉兰

余闲步师大启夏苑观数株玉兰骤开骤落

二零一五年一月二十九日

朝疑圣洁出昆仑，青鸟偷衔启夏门。
皎皎玉姿羞雪白，亭亭净植惭莲魂。
人前尽卸琼妆钿，月下对怜香溢园。
王母酒阑寻不得，春风一夜瓣飘繁。

古风

述怀一百韵致友

二零一五年二月七日

忆昔风云日，正值寂寥时。导师存长虑，人民少忧思。
宏构立云表，世界惊与奇。官体无大失，民怨尚幽微。
圣敏察楹栋，营造初衷歧。长此必动本，群僚正梦痴。
事迫少来日，耋年动殷雷。学子起事早，海内皆展眉。
汹涌壮波澜，红裔囊出锥。衣袖分五色，挥鞭向黑遗。
平时积怨恨，遗送务田畦。弃所情何堪，哀哀向天悲。
余胸生愤懑，庭争愤抗辞。善待吾同学，联名致丹墀。

峰廻路又转，颖锥落路泥。十年磨一剑，挺锋战京师。
衣冠正飘零，名流俱色萎。草莽驾筚路，叹息有差池。
海畔奔春潮，一月创『新基』。天听颇宛转，遗恨离巴黎。
勋臣尚不醒，拍案声欲嘶。七月江风烈，吹卷赤云麾。
两厢各持械，四处狼烟飞。主帅欲鸣金，将士意多违。
非为趋市利，自由人人期。上意难通达。翻手击健儿。
淮阴意如何？漠北暴骨骸。轰响醒耆旧，神州失彩霓。
残鼓画角哀，传檄斥孔尼。天王战未死，云归粱山隈。
台辅是荩臣，散勇斗志疲。人心本因循，奈何着险棋。
清明风雨至，锋芒闪雨霏。众盼安定日，一击搴旌旗。
劳瘁为大众，雄烈竟终期。寰球犹震动，悲风天地弥。
托孤非卧龙，扈从尽累羁。人厌其性僻，罪不及夺褫。
众僚相禅冠，群吏与欢怡。精英抆喜泪，苍生惊称奇。
从兹翻朝纲，阶级始分离。大幕初落下，遗响我心悲。

反思诸般失，含泪能向谁？领袖举倥偬，人民觉悟迟。
亲从不思考，旧部拒相随。人类赖选择，中国痛失机。
五四精神绝，鲁迅风骨摧。十年故园梦，百年法兰西。
殊功可媲美，惟过任人讥。子弟熟虑后，鼓吹四小螭。
顶礼哈耶克，折腰凯恩斯。长袍并佩剑，贪腐功增赀。
市场先富论，嘲讽红眼批。忆往心馀惧，乘机攫民脂。
兴碎人初悟，通衢重举旗。青衿善冲锋，百姓壶浆携。
九州民怨沸，贪泉更蹙眉。皆诩群众仆，两派宜被嗤。
亿万犯错误，唯我能自持。山河变颜色，铁甲天街驰。
精英顿失语，奉主今为谁？发展有天道，涉溪失迷离。
财富积成垒，城乡生魅魑。贪胆与日增，黔首顿萎靡。
今闻售假药，明报拐女儿。遍产毒牛奶，夜卖青春姿。
横行黑社会，村官选凭资。穷儿多啃老，学术造假词。
读书学费昂，农父力尽疲。开方药量过，无德虎狼医。

官员拥二奶，黑钱海外移。百业无净土，改革未有期。

土豪意纵横，农民最迁移。数千万劳工，下岗几人肥？

奢风吹又劲，道德叹式微。内忧外貌强，虚夸季地辟。

一味追财税，民魂尽失遗。我生尚优哉，忧国鬓毛哀。

厚深不从流，独立多沉思。今有挺英者，网上颂润之。

虽后二十载，长揖赋《采薇》。民主闯新格，岂独在西陲。

多党必裂土，邯步必蒙灾。学者尚昏昏，试看俄罗斯。

自由派鼓喉，普世价值吹。貌似甚公充，实为一己私。

回看西城纠，理想何所归。落魄亦恨毛，盘算总相欺。

偶出新学人，扳相好交绥。但恐归左营，百般入右歧。

衮衮衣朝服，难掩内心卑。近年新冕旒，正声渐次归。

挥臂除贪蠹，意欲除病危。巍巍居高位，复得众望归。

目光超五届，胸怀过泰西。舆论三十载，决议旧藩蓠。

纵有斡春志，难得沐春晖。不与群众接，积重恐失机。

我生待有年，无复歌《五噫》。淳风回旧国，道路不拾遗。

永遇乐

偶感

二零一五年二月十二日

昨夜沉迷，银河槎去，唳鹤天碧。帝子清眸，风飘仙乐，玉笛兼瑶瑟。
琼楼桂阁，流觞浆馥，千树万枝春色。蓦烦却，升平旖旎，连绵四季如一。
凡夫俗子，神仙年月，怎耐消磨情悒。梦里归来，再三斟酌，上界人间相敌。如何
抵得，霜飞雪絮，大地斑斓声息。论生死，轮回万象，贵乎转质。

七绝

寓意

二零一五年二月二十六日

繁花老眼悟飘零，赏客焉知惜圃情。
忍泪扫红拾旧梦，无端落得愦青名。

七律

与建桥、王方夫妇游秦岭涝峪戏作

二零一五年四月二日

层青滴绿爱葳蕤，叠岗重峦坐翠微。

小沈伴知冠心病，雪琴窃笑诸公肥。

清泉石罅闻禽语，木屋林中见夕晖。

莫怪建桥吸菸急，鸿篇债我载星归。

莺啼序

思

二零一五年三月二十五日

廿年孑臣独吊，对熏风飞絮。庙堂上，忍泪吞声，一片孤愤难诉。惜先导、长河岱岳，堪嬴政世民人物。几仰天空嗟，神州奋起机误。

寸管龙蛇，诗词余事，可评来三五。【二】立伦理、孔子孟轲，社危民困革故。总戎机，阵过膑武。最称意，赤水四渡。逐中原、底定三秋，原是疲旅。

豪情倒海，横挑强胡，鼎足铸武库。指彩蜃，燃三洲火，枯朽殖民，细贱黎元，延颈赞誉。建基立业，规模初具，雪霜能避。齐天志、起《箫韶》，探赜索寻苦。流年恨短，无限争寄鲲鹏，大道正道归去？

旬年喜甚，后起菁颖，网上传佳句。富儿笑、未名湘语，论史推时，算得谁个，精英知汝？魂牵故国，云乡蝉蜕，时时诸派争执，我行吟，屈子投江处。拟尸化取风神，环视区中，欲言还住。

【二】毛诗在中国历史的政治家排名应在前三；九九年由方家无记名投票选百年书法家，毛排在吴昌硕、林散之、康有为、于佑任之后与沈尹默并列第五，其后有李叔同、齐白石、费心我，沙孟海等四人。

五律

朱雀归来再呈建桥

二零一五年四月七日

华年栖古庙，劲气蕴琴声。
弃奏醉秦阁，同科辞渭城。

探花黄鹤举，办报白云生。
锐进紫鱼佩，辛勤方志耕。

五绝

立秦山岭上

二零一五年四月九日

云尽天空碧，日沉林影长。
月升冥色起，独自看苍茫。

七律

又呈建桥述事

二零一五年四月十日

君居城北我城南，五十春秋下急川。
恍昨梧桐得双子，惊今青简撰千年。
飘零故友江湖寂，俊拔新知日月悬。
老去诸般浑谩与，事关家国意惓惓。

五绝

师大暮春雨后林间漫步

二零一五年四月十七日

云阴树暗绿葱茏，枝湿叶垂烟径空。
轻冷不关林鸟事，啁啾犹自啄飞虫。

七绝

悲愤

闻毕节农家四子女长者年十三、幼者仅五岁，同饮农药自杀，悲伤无际

二零一五年四月二十九日

惊闻悲讯不堪思，饮毒四孩同伏尸。
记者任凭笔旋健，空巢曝出有余资。

七绝

土耳其之棉花堡

二零一五年五月三日

一五年三月十二日，由地中海畔艾瓦勒克往土耳其东部帕姆卡莱著名景点棉花堡，是日烈日当空，似已值初夏，此处山峦地貌系由石灰岩溶结而成，通体雪白，且处处有薄水沿闪烁晶莹微光的冰雪状崖面渗流而下，形成若干小潭，潭水作缥绿色，真天下奇观也。

乾坤化作玉琼界，丘壑尽成冰雪宫。
碧树鸣蝉才入夏，凛然犹觉起寒风。

七律

再咏棉花堡

二零一五年五月三日

通衢碧树映花红，欧亚流云涌海空。
鸥鹭衔鱼狎春末，舟车送客广寒中。
乾坤化作水晶界，丘壑尽成琼玉宫。
徒跣戏潭回顾望，银光满目雪回风。

七律

汨罗遥思

二零一五年五月四日

七国风流奔俊才，星河漂绕北辰回。
家家举艾食香粽，又是一年端午来。

七绝

秦岭

二零一五年五月十日

浑浑浩浩几千里，山色端庄肠道崎。
别有心思比庐匡，削成华岳数峰奇。

七绝

自嘲

二零一五年五月十二日

早岁冰河斩大旗，斗牛迎迓竟无期。
才情恣肆谁言少，气度沉浮我自知。

七律

广西沈香角美景印象

二零一五年五月十二日

绿浅绿深林簇野，烟浓烟淡水亲村。
云停云涌惑山鬼，鸢去鸢来牵旅魂。
贾谊临风停鹏赋，湘妃抚竹止啼痕。
谁教阆苑留光景，坐爱流连忘鼎樽。

七绝

秦岭早春

二零一五年九月十二日

曲江春暖闹鸬鹚，行到山中春意迟。
深坳绿微轻点点，只开红杏两三枝。

七绝

终南夏晚二首

二零一五年九月十二日

其一

空溟漂落白云裳，泉系累岩色自苍。
莫道终南空浪漫，红霞几朵复徜徉。

其二

山色青成一笔抹，碧空虚月半轮纱。
晚钟古寺柴烟缕，塔影残红逐暮鸦。

七绝

秦岭晚秋行

二零一五年九月十二日

满目醉红兼灿黄，秦山着意理严妆。
秋风劲带萧声去，转见凄凉客断肠。

七绝

秦岭季冬

二零一五年九月十二日

雪残山老寂无涯，褪尽铅华是道家。
白日晕林阴岭冷，巍然气韵镇荒遐。

七律

遥寄东良兄

二零一五年九月十二日

都市两童返海滨，难通话语笑芳邻。
寝迟颜赧多逃学，饭急情虚辄斫薪。
春节车前棠棣别，秋时菊畔渭阳亲。
云山抱病相携老，晚景飞霞亦是春。

七律

五陵原遐思

二零一五年九月十五日

五陵原上望秦川，心缕曳摇接远年。
函谷血污强汉纛，曲江歌细美姬船。
流金沉野一团灼，冰铁净空半片悬。
物事亘绵复如此，银河依旧泛星天。

五律

朱鹮

二零一五年九月十七日

羽缟白胜雪，喙修深啄虫。
荡旋如渚浦，啼转近婴童。
曜翼灵光粉，羞颊玫瑰红。
甚疑天外客，飞自紫微宫。

七绝

感时二首

二零一五年九月十八日

其一

松依绝壁柳依泉，徒倚幽人近谪仙。
古木今从商贾植，绝无高洁听秋蝉。

其二

尧封处处涌贪泉，难煞王勃赋爽然。
绛帐垂堂荒菊径，西风猎猎折清莲。

七绝

伤花

二零一五年九月二十日

花朝最喜景光斜，姹紫嫣红赏万家。
晚春凄冷无情雨，一夜霏霏一地花。

七律　新韵

拉萨晚坰奇景

二零一五年九月二十日

与忠明老友首次赴藏所见。

穿云踏雪险何堪，薄暮停车旅兴耽。
花护缥溪潜远甸，柳拂闲马饮秋潭。
火流归晚风声起，鸟影棲迟月色涵。
最是教人惊绝处，无光地气一幽蓝。

七绝

咏柏

二零一五年九月二十二日

粉雪廻旋百草无，西风厉哨万山枯。
禅庭冷落闲僧众，翠郁冲寒老柏孤。

七绝

疑

二零一五年五月二十六日

桥牌计罢计流年，多少胄缨敛亿钱。
横亘胸中一股气，直疑构思孕原愆。

七律

进藏

二零一五年七月二十五日

明清藏汉不分畛，犹幸金沙渡一军。
旅者凌虚瞰莽莽，农家深谷务畇畇。
巉岩常戴千年雪，浩气皆凝万朵云。
长壑巨川纳胸臆，邛崃懒问卓文君。

七绝

戏致建亮

二零一五年七月二十六日

诗情一路赋风骚，逆旅听湖夜拍涛。
抵陕三人皆有句，如何建亮不挥毫。

七绝

羊卓雍措

二零一五年七月二十六日

王母误遗碧玉簪，摄取天蓝作宝蓝。
嵌入荒山平似镜，流云如雪拭湛潭。

七绝

布达拉宫有感

二零一五年七月二十六日

赭白佛宫世绝伦，巍峨明丽脱凡尘。
观音今日售门卷，难煞三千拜谒人。【一】

【一】布宫每日限售门卷三千张。

七绝

宿上里古镇

二零一五年七月二十七日

西出锦官风雨程，古树横溪宿竹棚。
谁吹风管浓阴里？此处蝉鸣别有声。

五言近体

南伊沟

二零一五年七月二十七日

清净绝尘地，入云挺直松。松萝如柳絮，冉冉御斜风。
朗日高林照，青苔覆柯枞。光镶苔厚绿，千载罕人踪。
影佈栈桥上，清冷若水中。山腰从足下，草密展茵绒。
牛马随情嚼，墟村尚藏风。行音空足响，声伴但秋蛩。
山峭穿云立，石青无寸蓬。停云生积雪，相与远峰重。
遐迩断人息，飘飘入碧空。人生何惬意，徙倚此从容。

七绝

宿川藏路桃花沟打鱼子农家乐

二零一五年七月二十八日

雪岭桃花水鉴轩，野艇横斜插钓竿。
夜半狺狺清梦起，满庭霜冷月初圆。

七绝

西藏之旅观云

二零一五年七月二十九日

六根取舍困丰隆，【一】半为红尘半为空。
朝霭轻纱留玉女，暮云长絮卧天龙。

【一】丰隆，云神也。

七绝

往羊卓雍措途中

二零一五年七月二十九日

合影女童索十元，自言辛苦攒书钱。

找零腰出半千币，赚得多情复多怜。

七绝

破晓观梅里雪山

二零一五年八月一日

天外轻云流雪岭，地平重霭透红光。
霎时旅众欢声动，转理金妆换素妆。

七绝

得睹梅里雪山

二零一五年八月一日

十日难逢一日晴，万人空望重云横。
山魂乍现惊耆旅，归去诸峰看不成。

七律

丽江束河古镇

二零一五年八月一日

宏构三国寓木楼，【一】龙潭凛冽胜清秋。
灯红绕陌游人织，柳绿依溪荇草流。
楹匾风情多挑逗，冷飧兴致少觥筹。
微醺意懒迟回顾，遥听纳西旧俗讴。

【一】纳西民居院落一面为砖墙三面为木楼。

七绝

泸沽湖

二零一五年八月二日

遮山压野雨云低，泸沽溟濛草岸齐。
料得诸君偏爱水，明春放艇到西溪。

七律

理念

二零一五年八月六日

忆昔青衿建节旄，登高聚众也堪豪。
何曾方寸为私计，长向大千许共劳。
塞上心情空远大，生平理念自崇高。
琴徽屡挑知音少，独往荆榛执佩刀。

七绝

感史

二零一五年八月七日

落拓飘零蹇蒿蓬，湖海心胸国士风。
看惯夤缘僭高位，英雄原不论成功。

七绝二首

自况

二零一五年八月十日

其一

寻经探史一书生，朝野论抨义气横。
狷介不知通世故，常为己见损朋情。

其二

桔洲泽畔吊湘云，求索死生并一身。
相隔万年兼万里，神牵不觉作遗臣。

七律

寄炳元

二零一五年八月二十一日

君是吴人我越人，未冠啸遨太湖滨。
我嗟吴赐伍员剑，君笑越输倾国身。
四秩劳心图北构，两期销骨作西宾。【一】
谋生犹自系风雨，休叹匹夫等路尘。

【一】我在北方四十年作画图匠，同期炳元在南北两地作教师。

七律

隐痛

读阳光发来微信，述主席去后书房角落存毛岸英衣物事有怀

二零一五年八月二十一日

万里江山万里驰，千年指点赋豪诗。
牺牲道理伤宁久，铁血生涯事岂慈。
久惯孤身心似铁，只为大众泪如丝。
英儿遗袷存书屉，一种痛深人后知。

七绝

时论

二零一五年八月二十二日

得失精论尽未刊，卅年谁改入岐难。
玄黄昨日言俱中，沉石犹摸涉急湍。

七律

秋日秦岭行

二零一五年八月

暇日秦山洗客心，天深云尽住秋霖。
细沙平濑空无影，醉叶漫山鸣有禽。
客舍农家藏浅谷，古名新寺筑高岑。
王维风色差相似，何处能闻处士琴。

七律

曲江咏史

二零一五年八月二十五日

今古曲江柳色新，少陵痛惜两番吟。
丽人调笑移舟晚，野老潜行贳酒频。
摩诘通禅居别业，青莲仗剑访真人。
如今尽道盛唐好，记否渔阳鞞鼓尘。

七绝

中秋得姚泓短信

二零一五年八月十六日

中秋月望一泓水，共事依稀只九秋。
昨晚得收遥祝讯，虽知群发亦珍留。

七绝

致同窗聂宜健（自号农夫）

二零一五年八月十七日

昨日军中拜大校，今朝解甲作农夫。
鲜瓜嫩豆传香远，可供同窗共飨无？

七律

友人发来政经时论予想有感

二零一五年八月二十三日

一篇文章望上京，高秋料想壮长城。
雁魂重呼衡阳梦，舰影屡惊南海兵。
论局和歌藏败象，分时独解醒深酲。
当年幸自下乡久，习殊江湖地气平。

七绝

悟书

二零一五年九月十六日

昔游绍兴旧城，薄暮时分见王羲之《姨母贴》于巷壁之上。

轻烟暮色入空朦，乌瓦粉墙恍惚中。
顿悟右军飞翰墨，仿姨书帖走蛇龙。

绝句四首

二零一五年九月十七日

希腊卫城

仰止高山西哲翁，爱琴海畔访遗踪。
群贤胜迹今何在？ 残柱斜阳寂寞中。

迷岛一

碧波白屋甚分明，依岛参差小舍精。
最是藤萝花一束，斜垂粉壁点风情。

迷岛二

那得白墙兼白路，壁斜巷曲列商铺。
难通问语幸通图，[二]落照风车飞白鹭。

【一】在希腊米科诺斯岛游 MYKONOS 小镇，遥见六架巨大风车而不能至。语言不通，余画风车于纸上，岛人指点路径，余等得以至。

马德里塞万提斯广场

一味滑稽士身，青瘦峰下说风尘。
塞翁微幸评先首，【二】只让雪芹第一人。

【二】报载：由 100 个国家的 100 位作家，无记名投票，选出人类历史上 100 位最杰出作家。塞翁位列班首，中国有鲁迅入选，而未见曹雪芹之名，甚诧异。

七绝

阅汉书

二零一五年九月二十日

起始文明个性豪，陈汤万里斩天娇。
教坊歌舞虽不胜，不爱唐朝爱汉朝。

七律

西班牙托莱多古城

二零一五年九月二十一日

堑深流急绕高台，摩尔雄风次第来。
古垒依然人徒倚，尖堂仍旧圣徘徊。
弯刀阿訇容他教，铁甲国王驱异回。
闻道中东峰火起，蚁舟偷渡向天哀。

七律

怀俊生

二零一五年九月二十二日

前年与志红通话，悉俊生病故，惊愕悲伤，莫以名状。思毕业后，云山重隔，仅与他通过一次电话。学校同寝室三载之情又历历在目。今叶绿叶黄，岁月荏苒，不免时时怀之。

三年同室似忠驼，谦鲠寡言如静波。
苦读常催熄火晚，携书总见戴星多。
迟思每料讥宁少，霜剑相欺冷若何？
论质我非孔夫子，人天遥阻发悲歌。

七绝

古城秋雨寄同窗

二零一五年九月二十五日

冶院春光一梦遥，同窗迢递意多怊。
凄寒秋雨下黄叶，微信翻看破寂寥。

七律

感怀

二零一五年九月二十九日

一从市场擂金鼓，绛张悬壶尽染尘。
海内药方难绝假，齐州学问不求真。
推论腐败寻常事，嗤笑英雄愤激人。
老眼京华望北斗，谁人再使世风淳。

七绝

阅微信致姚、关同窗伉俪

二零一五年十月三日

轻车往谒一时辰，四十年来见两回。
飞雪飞花头已白，方知共剪一枝梅。

七绝

再致仁义同窗

二零一五年十月三日

冶园何处不飞红，收拾落英祭紫宫。
寥落几人惜春树？幸君依旧望东风。

七律

暇日与诸友游未央宫遗址

二零一五年十月七日

无边荒草接冬云，汉宫遗迹向夕曛。
日暮昏鸦犹结伴，年衰旧友不离群。
死生家计谈何少，去就尧封意甚殷。
简点盘飧停小酌，回望南海正纷纭。

七绝

戏致姚泓

二零一五年十月三日七日

姚泓来讯，要我出游与其相约。

仰天大笑寻常事，善解难题戏作真。
偃蹇时光犹念旧，遨游能不约伊人。

七律

忆儿时寄同学芸荪

二零一五年十月十五日

亭午夏长人正眠，榆阴巷静听噪蝉。
岂无影壁遮深宅，常有南山映菊园。
娴女理云比红拂，[一]顽童呼彩赌麻钱。
天遥大树归鸦暮，一度回思一怅然。

[一] 芸荪小时长辫及地，如唐宋传奇中红拂女。

绝句

回忆三首

二零一五年十月十六日

其一

堂前戏闹叠人堆，无奈铃声急急催。
最喜课余师含笑，英伦侦探讲三回。

其二

红巾一角兴冲冲，赴学东厅[二]晓月朦。
檐冻冰凌三尺许，年来追忆似春风。

其三

不是无心问玉珂，只缘报国事磋砣。
退休岁月闲流水，笑忆儿时剧趣多。

【一】我就读东厅门小学。

绝句

再致芸荪

二零一五年十月十七日

《离骚》辞里寻常见，古帝州中不易寻。
记得文章似莺啭，总为师长定徽音。

【注】前两句说其姓名特点，后两句说其作文屡被老师作范文读。

绝句

居长安思丹巴藏族碉楼

二零一五年十月十七日

翠鸟娇啼疏雨近，白云流动碧空遥。
一年光景唯两季，尽兴何如看藏碉。

七律

东北游

二零一五年十月十九日

龙荒广袤起豪情，高雁犹传塞上声。
云阵天边接地涌，江流野际入空平。
两遭亡国皆由此，【一】三度安邦俱赖兵。【二】
富矿丰粮兼重器，长城直北是长城。

【一】明宋之亡。
【二】东北易帜、辽沈战役、抗美援朝战争。

七律

随忆

二零一五年十月二十日

游栖率性自骎迟，及长芸窗岂管锥。
应景文章非倚马，拏云理想近生痴。
曾经风雨苦回味，长别青春狂写诗。
霜叶纷纷逐秋水，慨然心绪几人知。

七绝

夜吟

二零一五年十月二十一日

夜步槐庭思苦辛，自怜孤影一吟呻。
星辰不觉如萤小，聚作天河射月轮。

七绝

学诗

二零一五年十月二十一日

当时访绿逐微尘，自觉风流不解春。
转眼飞红共春老，晚年却作爱花人。

七绝

雪中登华山忽云开所见

二零一五年十月二十七日

天开一角照莲峤，【一】烟雾仓惶似落潮。
身出鸿蒙青壁上，白云叆叇数峰遥。

【一】莲花峰，尖而高。

七绝

看王芸发来西湖雪景图

二零一五年十月二十七日

孤山梅落暗香消，夜雪无声压断桥。
凄美湖光近不得，转情弦下听蛇妖。【一】

【一】越剧之弦下腔。

七律

西安冬日

二零一五年十月二十八日

京冀重霾昨报惊，黄埃澒洞失秦城。
轻工闹市少人迹，小寨商摊无卖声。【一】
缩颈畏寒时盼雪，闭牖温暖不须晴。
何年急敕飞廉动，【二】浩荡天风彻底晴。

【一】轻工、小寨均为商业区。

【二】飞廉：风神也。

五律

述怀十五韵

二零一五年十月二十九日

辞圣情过吝，无颜哭寝门。旌旗看幻影。遗迹觅余痕。
权智皆华盖，工农俱覆盆。吞声询野老，忍泪说空村。
子媳何为远，亲情那得温。去年弃幼别，寒节返乡奔。
左翼正声起，主流先富论。后前街恨绪，新旧指王孙。
切斥谵昏语，久萦雄烈魂。腥膻吹庙廊。耿介照乾坤。
结客殊途散，同心故友存。休言磐石固。且看直松根。
愧我空皮骨，怀思实泽恩。惓惓自有志，去去岂无言。

寄意少朋辈，谁能正鼎尊。

七律

昨闻巴黎气候大会签约，立师大居室看霖至

二零一五年十一月三日

冬雨长林叶锈斑，谁嫌湿气骨侵寒。
行人却步商业寂，水鸭拳停池石单。
远虑黄霾吞海隅，近愁紫雾弇长安。
巴黎昨报俱签约，风物清明再盼难。

七律

致同窗老友解放忆往事

二零一五年十一月三日

未萌小子学书生，一纸文言付锦兄。
旱岁那知世情恶，临潼未赴赴蒲城。
沉沦别作游离子，啸起同为假赤兵。
宛若中唐两司马，持兰摧折气难平。

七律

文革中人随笔

二零一五年十一月六日

悲风长忆传响箭，排海接云连舳舻。
沉殷雷声动四野，苍茫血色坠金乌。
稀闻违世游二鲁，【一】惯见趋时争五湖。【二】
退却春潮人寂寞，天庭幽远月悬孤。

【一】鲁二生

【二】范蠡隐五湖后为陶朱公做起生意来了。

五律

致同学老友李洁

二零一五年十一月六日

同学复同学，[一]春风逾六年。
别名呼小保，柳巷听秋蝉。
高谊连秦晋，[二]慧心挥翰弦。[三]
獬冠易委吏，[四]判酒一陶然。

【一】我与李洁先后在廿一中与市建技校六年同学。
【二】李洁之子与俊桥之女结为夫妇，他们是多年好友。
【三】李洁善书法和奏小提琴。

【四】李洁先在粮站工作，后在法院工作。

七绝

戏赠李法官诘临退当年

二零一五年十一月六日

高院院中资最老，同行眼里性偏狂。
点班无踪谁能问？晚辈常称华子良。

七律

李洁同窗草书见赠

二零一五年十一月十一日

漫不经心别有年，春来春去旧山川。
心悲老友移迟步，眦决飞书涌塞烟。
纵论何曾伤暮岁，巡杯不见醉华颠。
莫非狂草泻君意，浩气氤氲满素卷。

七绝

南海

二零一五年十一月十一日

失略菲邦也弯弓，英雄无计费横纵。
揖回太祖重筹措，诸岛早归掌握中。

七绝

昨大学同学微信热寻某君

二零一五年十一月十一日

某君消息断十年，几度寻踪也怅然。
想是参空尘世事，半成隐士半成仙。

七绝

寄同窗

二零一五年十一月二十五日

声息十年一杳然，现身大呼思同年。
犹言小虎不平事，抱恨当时未出拳。

七律

华阳

二零一五年十一月十八日

十年间往观秦岭腹地之华阳美景兼访山村故人数次。

梦绕魂萦倍觉亲，四围秦岭绝微尘。
娇啼驿柏朱鹮宿，旋翥云松白鹭邻。
寻径黄花问农舍，燃柴筒灶煮山菌。
秦中景致此间好，几次华阳访故人。

七绝

晚节

二零一五年十一月二十二日

主座巡觥还让酒，叨陪笔墨总题诗。
老来诸事浑漫与，肝胆春秋意恐迟。

七绝

即将冬游

二零一五年十一月二十九日

凛寒霾重古城居，枯柳曲江半掩虚。
轻绿只宜诗里有，取途清迈好观鱼。

七绝

秦岭夏日思飞

二零一五年十二月一日

云停山远化青紫，林动风过涌海潮。
振翮飞旋九霄上，山林看我一鹰遥。

七绝

初雪

二零一五年十二月二日

连日愁霾蜗屋里，聊翻诗稿度时长。
晨兴忽对漫天雪，狂喜豁然望大荒。

七律

闻天龙早年赴考未取事有句

二零一五年十二月四日

董生蹇滞出师时，榜阻无端柳士遗。
非是薄才龙惮跃，却为背命路悲歧。
华颜今见风凌骨，谈笑曾闻洒脱词。
聊赋小诗供相慰，同怀劲气两心知。

七绝

讽时人

二零一五年十二月五日

远谋未必效勾践，韬晦岂能欺霸雄。
镇日传喧美国好，艨艟已在合围中。

七绝

读元遗山评诗诗

二零一五年十一月十一日

诗宜细品似分茶，兼读后人点句差。
好问评诗诗尽好，有元只此一诗家。

五言

致治院同学

二零一五年十一月十二日

忆昔古城聚，三十各风扬。匆匆三年过，二人赴藏邦。
临行意重重，饯筵意慨慷。一去杳无信，霜鬓不能忘。
分别风尚静，别后白浪狂。各自修翮翼，高飞守相望。
坎坷俱经历，阻遏气益昂。四十年一瞬，当时日月长。
天南与地北，绝尘似骏骧。歧路各觅路，北斗指光芒。
岁月不待我，相逢泪几行。遽闻一人去，渺邈在新疆。
俊生质淳厚，永诀何匆忙？余众幸安在，玩孙居远乡。

退休闲且逸，诸事置一旁。回思江湖涉，苦笑百转肠。
阴霾严冬日，懒慵翻讯详。忽遇同学谷，邀我入群翔。
故人如相见，冶院春柳长。一生逢几客？ 珍重莫相忘。
高山复长水，遥祝惟健康。闲笔行将住，青松正苍苍。

七言

忆四十年前与冶院同学登华山

二零一五年十一月十三日

人当二十气如虹，东行桃下来学工。不记罗敷汉乐府，立镜测标漂石丛。
华岳高耸出云表，长夏暮冥更雨风。相率迤逦登蛇道，夜霖投宿采药翁。
星灯一盏恍隔世，晨兴澎湃松涛隆。青壁如剑插青遥，雨洗青壁光可照。

天龙盘尾绕西峰，天开一角神女笑。斜石如削留斧迹，云影惨淡掩古庙。
飞瀑漂白泻石磴，身飞鸿濛发清啸。青衿意气干星斗，下看五峰立小峤。
韩愈投书哭险道，山岚滃起迷山岙。烟雾仓惶山岛出，斜倚老松送云傲。
记否羲和经天宇，猎猎东风竖大纛。

七绝

茱萸开时，又见华阳山村故人

二零一五年十一月十五日

投止他年识主人，缘贫只得赘山村。
同情解慰孤灯里，花下逢君意更亲。

七绝

叹儒

二零一五年十二月十八日

不料歧途向日曛，精英解困更西云。
韩谋浅薄秦王笑，昨日强邻已裂分。

七律

读元好问东狩诗后论史

二零一五年十二月二十日

风雨千年草木森，兔行虎迹径难寻。
史公江右山河泪，林穆虎门日月心。
末世救亡自绝响，衰朝奋虏独高音。
遗山误作冤精卫，故国原非是北金。【一】

【一】元好问字遗山。诗中错将金作祖国。

七绝

岁月

二零一五年十二月二十一日

闲看振臂当年呼，于此诬声争突兀。
多少噪蝉入时喧，青山不校春秋忽。

七绝

耀州遇雨回记

二零一五年十二月二十二日

明暗无光游薛寨，惊看龙卷贯遥村。
老农勘指垂云气，转眼风来雨覆盆。

七绝

题小豆豆外孙模仿抗日战争胜利七十周年阅兵

二零一五年十二月二十六日

斜飞八字军威步，平脸手翻行礼武。
霍霍吐声气势雄，学成检阅答『辛苦』。

七绝

冬赴泰国

二零一五年十二月十七日

尘霾万里锁寒潮，飞抵暹罗日灼烧。
最喜珊瑚海里看，本心原懒顾人妖。

七绝

游普吉大PP、小PP岛

二零一五年十二月二十三日

兀立岛山小桂林，腾波快艇纵童心。
设令道学先生在，浅海探鱼也解衿。

七绝

芭堤亚、清迈三首

二零一五年十二月二十八日

其一

休嫌泰女靓容黧，往往西人租小妻。
旖旎风光唇似水，春山一入听鹂啼。

其二

接踵摩肩入寺多，尝甜莫过小菠萝。
俗人游兴原来浅，寻听《小城故事多》。

其三

繁花伴夜好清眠，处处招提金灿然。
每遇生人莞合掌，静心似水作神仙。

七律

往流落泰国拜县华裔聚居地之山地村观日出

二零一六年一月十三日

下望棋村夜气凝，微明四起吠鸣声。
山峰迤逦无层次，星火横斜是拜城。
心事苍凉悲弃子，故乡迢递感余生。
暂时收拾飞思缕，腾出铄铜举眼明。

七绝

游清莱皇太花园

二零一六年一月五日

似锦繁花伊甸园，更添泰女语姗姗。
温柔味到最柔处，反觉生活意味阑。

七绝

流落泰北拜县华人之山地村下望

二零一六年一月十六日

野寂山朦侵日暮，鸦归月色远微茫。
几星灯火夕岚里，遗族荒村枕旷凉。

七绝

清迈

二零一六年二月一日

蹄鳔泰摩每飨之，【一】熏风缓语夜归迟。
长安二月犹飘雪，总想游栖清迈时。

【一】当地有猪脚饭、鱼鳔羹美味和手法精妙泰式按摩。

七律　宽韵

泰国清莱皇太花园

二零一六年二月二日

花团锦簇此园中，流彩身疑入阆风。
青帝既伤管瑶草，泰皇犹自植灵松。
扑花斑蝶万千舞，藏叶黄鹂一两声。
暗笑青春嫌妩媚，如今却爱探芳踪。

七绝

清迈见凌霄花

二零一六年二月四日

缠绕巨松依碧娇，半空红放半凌霄。
寻常只是篱边见，仰首方知名实标。

五绝

诘和平议书法事

二零一五年十二月二十八日

飞翰走龙蛇，放情吐海霞。
哂轻微末技，今古数谁家？

七律

望乡

二零一五年十二月二十九日

寄寓天南数举杯，千红万紫锈成堆。
流连切望春归雁，辗转长怀晋吹台。
冀野难胜蚩尤降，指车差补祖人来。
高丘待女发清啸，不信东风唤不回。

七绝

讽客

二零一五年十二月三十日

已悲物喜解衔愆，湖海心胸不自怜。
后敛先搜归一路，点嗤圣哲到何年？

七绝

寄语

二零一五年十二月三十日

天涯客次不忘愁，遥望雾霾锁冀幽。
心结总牵春节好，普天此日并高秋。

七律

叹

甲午年与友人出井陉经承德北上内蒙途次中俄边界之北极村

二零一六年一月一日

迤逦驱车徂北极，野原辽阔白云低。
天坑诡谲崩焰石，【一】树影萋迷探桦蹊。
拜将淮阴恩漂母，飞灰黄岗咎儿妻。
浩嗟微末销宏景，百感回望坠漠西。

【一】五大连池之火山口。

七律

观电视《铁在烧》

二零一六年一月二日

幸赖华邦降泽东，大军高歌愈唐风。
突师驱敌汉江渡，潜旅扼喉松骨峰。
偏误过廻夷噬北，转凭壕堑岛分中。
列强百载欺凌甚，一战国威惊两宫。【一】

【一】指白宫、克里姆林宫。

七律　庚青韵

拟新亭北顾

二零一六年一月四日

实践风云自醒灵，腐儒经典费叮咛。
年关风暴失黄埔，五月江涛动汉兵。
大野沉吟望北斗，帚星驶奔乱天庭。
中宵清影闻鸡舞，延颈凝神听远霆。

七律

寄田野同学

二零一六年一月十三日

犹感冬来气未伸，时牵九域激吟身。
平生愧欠寸晖报，来世定还滴水恩。
纵论局时家国事，浏观历史认知真。
难为姓氏空传竺，未作些微礼佛人。

七律

谢林林同学吴赠我茗壶

二零一六年一月十三日

四木初逢英爽气，匆匆道别白云迟。
同吟韵脚推敲夜，共瞻小姝清丽姿。
际遇偏差几寻道，风情依旧何须悲。
茗壶莫怪把玩细，【一】总是诗文近雅思。

【一】林林在北京专营宜兴茗壶，且深通茶道。

七绝

忆治院时赴朝邑农场事

二零一六年一月十八日

黄滩众穑竖红旗，庖刃宰羊怎得知。
空唤两班雄猛者，宁无一个是男儿。【一】

【一】某日晨出工前，老师召集两个班学生，问谁会宰羊？ 最后只有扬志红女生挺身而出。

七律

递壶

二零一六年一月二十三日

丙申元月与杨董二同学携林林赠壶赴宝鸡转递姚关同学。归忆往事并遥慰旧友。

夏至于今忆旧波，冬阑重又访山阿。
茗壶远自京华赠，耆友近从沣渭过。
似梦前情戏语久，如烟往事治园多。
寄言湖海兼班长，消谒原非属重疴。

【注】林林、新民皆血糖高，与余为糖友。

七律

又赠林林

二零一六年一月二十六日

宕逸人生音滞迟，烟云转眼鬓成丝。
莺啼桃李遗流梦，月洒雪霜织往思。
但谢名壶劳惠赠，岂知老伴费藏持。
何如睹物牵诗绪，吹起故情如碧漪。

七绝

咏玉兰

二零一六年一月二十八日

冲寒高节与梅同，净植偏宜月下逢。
休道玉容须绿叶，千杯万盏酌春风。

七言

偶感

二零一六年一月二十八日

侠士骚人共点嗤，相符肝胆齐吹篪。
纵情啸傲轻生死，百年大笑能几回！
剑气墨烟冲牛斗，追日逐云草上飞。
忽觉酒香渍箭袖，原来梦里倾千杯。
依稀魂魄附屈子，登览阆风绁马归。

七绝

同学微信相遇

二零一六年一月三十日

四十年来音讯稀，打拼甘苦自身知。
相逢未便言风雨，微信只传忆校时。

七绝

瀑布

二零一六年二月一日

跌死跸活扑下来，粉身碎骨化烟开。
无非造化一泓水，引得千人听滚雷。

七绝

自嘲

二零一六年二月六日

天性生来耽史经，百篇读罢惜秦嬴。
不能耳顺通丘老，遗笑自甘作愤青。

七绝

登杜陵望樱

二零一六年二月六日

万亩樱花动苑闻，近观微瓣未为忻。
一般丽蕴宜遥望，疏若云霞积若云。

七绝

忆六七年秋与炳元友步行铁路上自宁波往杭州途中

二零一六年二月七日

山阴道阻步辞鄞，风急雨斜暮旅辛。
四顾水乡幽瑟里，道班独火倍觉亲。

七绝

听人说『宪政』

二零一六年二月八日

处处风传『宪政』灵，神方济世即升平。
惊醒梦里失疆藏，一片犹思睡不成。

七绝

冬日登杜陵见林

二零一六年二月九日

登临意境渐阑珊，漠漠衰林叶尽殚。
一片凄凉望不得，轻黔淡晕是秦寒。

七律

读史登楼观台

二零一六年二月十日

冥搜造化次观台，萧杀气氛赏早梅。
冬野黑林偏泛白，关中瑞雪自飞来。
项王豪气鸿门宴，秦帝轻心大泽雷。
不识时来皆细末，无知运去亦尘埃。

七律

冬日出游

二零一六年二月十六日

伤风欺雪鬓须摧，收拾行囊未自哀。
落寞寒鸦绕枯柳，忘情暖蝶戏繁槐。
流云东向疑天动，飞驾南弛觉岭来。
最是旅行快意处，移红换绿夺春回。

七绝

忆少年时砍樵

二零一六年二月十二日

镰插束薪日渐斜，早归恐遣补篱笆。
剧看村上炊烟起，星月满天始到家。

惜梨花

二零一六年二月十六日

春分只道逢阳节，物华苒苒将寒别。
又是一年苦雨风，梨园昨夜如飘雪。

七绝

参观秦始皇兵马俑博物馆

二零一六年二月十三日

强秦罗马两称雄，各自东西唱大风。
谁道中华无个性，千尊战俑面千容。

七绝

自解

二零一六年二月十二日

元亮少陵是我师，功名山水两疑迟。
如今快意休身早，检点余情得好诗。

七绝

无题

二零一六年二月十三日

虚心最爱吊孤坟，耿介茕茕不谀群。
落拓何来伤志节，依然义气干青云。

七绝二首

致某君

二零一六年二月十三日

其一

每忆十年心辄惊，钩沉国史数昌明。
凭君尽道北洋好，可知涂炭是苍生。

其二

读尽《南华》几卷书，脱尘蝉蜕欲何如！
幽人徙倚月松下，一缕冰魂问太虚。

七律

又致林林同窗

二零一六年二月二十一日

君寓燕京我汉城，悠然心会胜山僧。
茗烟缭绕陆鸿渐，诗趣氤氲杜少陵。
微信仅凭通片虑，皤颜亦可慰心冰。
大千世界因缘少，人海茫茫有几朋？

七绝

戏赠同学红玫瑰

二零一六年二月二十二日

原非花讯必唐京，晋萼偏能开一馨。【一】
闻道春侯频属意，红玫定是小精灵。

【一】红玫瑰系晋人。

七律

自嘲

二零一六年二月二十二日

剑气青云两并高，少年梦想佩虔刀。
春风有意加朱绂，蓬筚无情生野蒿。
惊尔诸侯入囹圄，幸余迟暮未翔翱。
于今回首烟云事，福祸冥冥在节旄。

七律

吊南开艾跃进教授

二零一六年三月三十日

百战方酣壁垒清，长擎星火盼新兵。
广茫原野余者勇，深阒夜空奔劲星。
幸自南开生大将，忍看噩耗见银屏。
苍天曷此其为极，坏我英才痛涕零。

七绝

忆游婺源隔水望汪口小镇

二零一六年四月四日

日落乌归起晚岚，星灯瓦舍隔溪川。
索桥浓荫斜飞出，直接村前一道烟。

七绝 新韵

读汪兆铭诗

二零一六年四月四日

阅史阙如历事违，引刀快意亦吟梅，【一】
诗情涌动凛霜雪，一步踏差成汉贼。

【一】汪诗有『引刀成一快』『却断梅消息』句。

七绝

评对『新红学派』的批判

二零一六年四月五日

交响挽歌泪尽流，留洋博士藐《红楼》。
凭君点破窗糊纸，天下从今奉《石头》。

七绝

寄林林

二零一六年四月五日

今春三月杪，天龙携茅台一瓶共我、新民、林林於长安唐苑小酌。

二十年来只一逢，世尘未损弟春风。

移松唐苑恋山老，[一]莫忘同窗酒几盅。

【一】唐苑遍植从秦岭移来的老树。想树亦留恋故山，何况人乎。

七律

入藏高兴

二零一六年四月六日

未曾进藏梦争高，放想仙人引凤箫。
望雪才思随白鹤，踏云竟可舞凌霄。【一】
偎红傍绿藏山寨，漫野连天筑石碉。
越岭翻过更高处，经幡猎猎接空遥。

【一】天上宫阙凌霄殿。

七律

寄长安大学同事袁兄树基先生

二零一六年四月七日

秀木遥从粤地来，报春先自众芳开。
他山觅石专攻玉，宝树寻阴竟乱栽。
兀傲原难应举荐，虚名本就等尘埃。
曾观云水似元稹，潇洒人生走一回。

七律

致芸荪同学

二零一六年四月十一日

前年小聚古城东，泣露秋虫野菊丛。
闺秀清风送林下，莲亭层漪闪机锋。【一】
羞听谬奖评诗好，郁起文心追杜风。
最是思量轻药石，青松老发绿葱茏。

【一】芸荪有林下之风，君莲有禅宗机锋。

七绝

花圃

二零一六年四月十一日

疏篱曲径踏晴沙，满目绯红泻晚霞。
嫌却牡丹香太重，回看圃外紫薇花。

七绝

诗作

二零一六年四月十一日

跌宕豪情寂寞深，行藏失落费呻吟。
晚年专事诗词事，写尽平生社稷心。

七绝

游三峡竹海

二零一六年四月十八

飒飒风摇竹叶声，缘溪山道半幽明。
忽望天际悬飞瀑，九畹灵氛满谷生。

七绝

鄂西大峡谷归来

二零一六年四月二十四日

驱车任意到天涯，水水山山即是家。
只恐今生看不足，游魂可许赏飞霞。

五言

恩施大峡谷

二零一六年四月二十五日

今我徂鄂西，伴友兼携妻。峡谷世称大，烟霞仍迷离。
屏障隔天半，大气吐云霓。循阶摩星斗，凌虚听天鸡。
俯察品类盛，村舍苑若棋。群峰势峨嵯，大野披绿衣。
林木争葱茏，但与山腰齐。半山石青裸，映天伟景奇。
两峰艰步履，膝酸急喘息。腼颜雇肩舆，迤逦登石梯。
惊看一香炷，剑光逼日曦。负势出云表，锋芒照天碧。
直下若仙子，蜿蜒乘电梯。土家宅景好，平视曲山嵴。

夕阳收光影，宿鸟辍悦啼。鉴亮盘飧点，晓梅知醇醨。
月升千山冷，初夏犹加衣。幸我倾半盏，微热填胸臆。
故国山河丽，多置谢公屐。晚岁颇惬意，黄昏复惋惜。

七绝

访昭君故里观演出

二零一六年四月二十五日

琵琶落雁竟弭兵，特谒旧村传世名。
最是女伶看不得，解衣当众逗风情。

七绝

谒屈原故里有感

二零一六年四月二十五日

诗祖楚伤自溺波，久怀虔敬访崇阿。
半为生意半为政，屈子如今故乡多。

七绝

三峡大坝

二零一六年四月二十五日

截断江流锁巨龙，涨湖直至永川东。
秭灯神女会沧海，惟愿往争尽语空。

七律

叹息

二零一六年四月二十七

略晓典经偏攻诗，一程风雨一程痴。
信闻冠带伤心事，解说芸兰梦醒思。
独恨翻论掉书袋，生怜读史费劳思。
惋惊朋辈堪行老，忍看春花落废墀。

七律

无题

二零一六年四月二十七

敲打纸窗秋夜雨，经过野呑竹间风。
诗吟苦若雨风句，生意清如秋竹虫。
红寺流连云影榭，南山徙倚菊花丛。
求仁岂待双飞翼，携酒何期一笑逢。

【注】汉中南郑有红寺湖，湖畔有云水居，余数往之。

老县城短句

二零零四年七月

零四年七月与解放、炳元、和平及赵梅游秦岭腹地老县城归来。

佛坪故城，芳草迷径。清溪廻流，山岚升腾。

秀峰叠翠，竹树欣荣。残门三处，赌坊孤零。

三五好友，探幽石磴。画馆独韵，主号万鼎。【一】

更有选举，【二】恨晚相逢。伐木取道，甘泉乍涌。

远离尘嚣，风清景明。乡民古朴，馈酿赠鳞。【三】

觞觥交错，醉眼朦胧。子陵遗子，【四】耳赤面红。

西宾儒雅，【五】悠然品茗。稚妹元元，【六】俎庖勤功。

西学黄老，【七】高卧曲肱。山居三日，野趣入梦。

归来念念，何日重游。

【一】我等宿美院万鼎教授筑之庭院。

【二】庭院号『万鼎艺术中心』，方二十余亩。平时由张选举经管。

【三】当地产冷水鱼，曰细鳞鲑。

【四】解放姓严，故戏称其为子陵之后。

【五】炳元为教师，故曰。

【六】赵梅，赵为百姓之首，梅为百花之首，皆元。故称之。

【七】和平谙西方哲学，又慕中国道家，故称。

七律

夜思

二零零四年八月

湘潭暮岁气吞山，叱电挥云起巨澜。
劳苦十年怀至义，殷勤半世待新寰。
旷原草莽发春绿，圣殿芝兰恨苦寒。
长揖北望雄魄在，星移斗转又一年。

七言

赠书家

二零零五年九月

甲申年赴姜峰君晚宴，遇书法家刘丹枫君，字华阳，洒脱放情之人。归来赋诗赠之。

华阳散人纵清喉，举樽歌罢吟《寒秋》。
走笔龙蛇奔涧浪，披发酡颜醉画楼。
抛掷西语五年苦，【一】洒脱不知万古愁。
九月古城初识客，何期湖海泛扁舟。

【一】丹枫君系外语学院西语毕业，而好书法，辞职回家专事翰墨。

七律

遥祭

二零零五年十二月

天悲我悯两凄然，地动星沉秋渐寒。
重锦流云终散逸，一生奏凯乱阑珊。
忍将基业三十载，参透沧桑五百年。
魂别九霄忽反顾，海风吹恨满星天。

七绝

有感

二零零八年十二月

曾游博浪忆秦椎，梦举吴钩奋楚威。
易帜帐前羞受禄，犹怜岗下暮鸦飞。

七绝

丙午年祭

二零零八年十二月

如风北走破藩蓠，鞢马京门望绛旗。
都是云烟年少事，徘徊不忍看缁衣。

五绝

登南五台二首

二零零九年秋

瑶瑶、窦勇寿我六旬生日，合家登秦岭南五台山。

其一

终南多刹舍，错列怪峰巅。
梵乐飘飘下，寻僧暮霭间。

其二

山静鸟鸣清，林稀晖愈薄。
叶枯残道迷，不绝觐泥佛。

七律

游扬州冶春怀古

二零一零年冬

扬州繁管已成空，晓月开河访旧踪。
岸柳垂丝犹戏水，兰舟系缆再思鸿。
群雄不向辽东战，隋帝未夸漕运功。
佳丽三千何处觅，小苎萝在冶春东。

七绝

所见

二零一一年五月二日

与东岳、相禄、赵梅循长征路经桂林往龙胜途中。

半天云重压山青，竹暗树阴江暮平。
动地雷霆狂雨过，方塘映月起飞萤。

四言诗

致学友忠明

二零一一年九月九日

佳讯三读，友情良深。关山重隔，思绪若飞。
遥想当年，洒脱出尘。或伫泽畔，或凌青云。
幽幽南山，秩秩斯干。谦谦学子，探访先贤。
喜则望月，闲则咏莲。廊下诸人，何能比肩。
辞师别校，竟赴西南。踽踽独行，其情何堪。
未及折柳，谁知我难。行踪全无，遥望云天。
一别卅载，重逢锦官。执手相视，鬓发苍然。

辞别经年，竹下赋闲。庙堂心志，权作笑谈。
寄意山水，聊度余年。明秋入藏，谨记君言。
倘能同往，行旌所盼。时近中秋，霏雨绵绵。
拙讯致意，阖家团圆。

附丁忠明同窗

来讯：二零一一年月九日

兰杜飘香，幽静雅赏。微风拂动，清凉幽香。
举头望月，低头思乡。圆月高悬，洒满银霜。
朋友入梦，在水一方。思念至深，送我祈祥。
友谊真挚，真情昂昂。中秋顾盼，呈上吉祥。
心感最美，愿君常享。幸福甜蜜，万事随想。
招财进宝，左右站岗。汇入一句，愿你永祥。

七绝　新韵

到王屋山

二零一一年十月三日

王屋山下农家宿，院外疏篱绕草庐。
闻道愚公风尚在，三篇直抵五车书。

七绝　新韵

由小浪底往山西途中

二零一一年十月四日

与书欣、汉生、阿丽游黄河小浪底。

朝辞小浪望轻岚，万顷秋波数点船。
嘹呖雁飞没空碧，无边芦苇藏渔筌。

七绝押 新韵

访绛州州衙后花园

二零一一年十月五日

百亩荒园蕴古风，曲池凝黛入画屏。
草长树老苍然气，半爱颓丘半废亭。

自度曲

二零一一年十二月十八日

数年前与汉生、和平、解放诸友游秦岭腹地华阳，夜卧镇外索桥，归来恒念之，遂吟成数句。

银光初泻，宇宙微明，周遭寂灭。只山影魑魅，几人横卧索桥，无一点声些。叹来世今生缘孽，论什么三立功业？躯壳混迹尘世，魂魄逍遥斜月。忘却，忘却，好个凄凉阴惨界。

七律　宽韵

答锦兄

二零一一年十二月十八日

诗情多解非专注，圣鬼仙才俱领骚。
严老点评微愧怍，心情只教上云霄。
风行肖小多题凤，造作今儒善辩曹。

追忆雄魂成暮志，空言真意也堪豪。

七律　新韵

记事

二零一二年一月七日

携书欣赴筵，坐中均咸阳歌舞团故人。次日读安元发来培瀛诗，步韵而和之。

齿过六十百事休，当年弦管各相投。
虽然尽奏文革曲，却也常寻古迹游。
才调清高夸俊秀，诗文质朴拟秦周。
群朋别久兴难会，一缕一丝说到头。

附王培瀛七律一首

辛卯腊月十三日，安元伉俪作东，邀老友十五人假『国人川菜』一聚。大家怀旧，老邵高谈，好不尽兴，归来记之。俚语奉教。

『国人』捧杯兴何休，只为当初心气投。
一念咸阳歌舞队，卅年甘苦忆前游。
才夸侪辈风流事，却叹青春运不周。
饮罢无言应有悟，真情默默在心头。

七绝

答友人

二零一二年一月十日

书韵丹青气自华，皮黄响遏紫云家。
功行玄易莫停驻，鹤舞松风释道夸。

【注】友人培瀛善书法、操京胡、修内功。

七绝

登三清山

二零一二年一月十七日

书欣因足疾不能成行，余与旅友登三清山，时弥雾充塞，偶或风起云动，见群峰若仙班环立，遂于登山途中凑成四句。

仙众逸姿纱幔飘，孤峰突起向青遥。
雾淞幻作玉清界，欲御寒风上碧霄。

七绝　新韵

访莆田梅妃故里

二零一二年二月十一日

品性高洁幽境远，君王只爱牡丹香。

循图造访梅妃里，商贾高悬进宝幢。

七律

时下所见

二零一二年二月十五日

艳女奇妆侍客豪，娇音假媚闹中宵。
上流儒宦夸天宝，皓发宫人忆圣朝。
囚匠常为资讯报，拐童每作旧闻聊。
福山妄定史终了，地道天公不忘毛。

七律　新韵

木兰古陂有感

二零一二年二月二十六日

是日，与友十人寻观木兰陂，颇费周折。正欲放弃北上，忽朱丽询到地址。喜往观之，木兰溪水澄碧动人，古陂岁月沧桑。更有碑载宋代钱四娘与母归葬，逢木兰溪洪水，百姓田舍尽被冲毁，四娘捐巨资十万缗筑坝。然因选错坝址，洪水复冲毁坝及民田舍，四娘悲愤投水以殉。后县令另选坝址，遂成今日国内四大水利工程之一——木兰陂。后人念四娘义烈，立碑塑像纪念。余至坝前见四娘碑像，亦油然而生敬意。

宋代古陂何处寻，莆田城外叹泓深。

平流澄碧静秋水，排瀑激白浮夏云。【一】
六代是非难判辩，百年功过易纷纭。
遗踪万里临溪吊，一样精神拜庙魂。

【一】木兰溪两侧导流水静澄碧，中段筑城堞形坝，水成百束白色激流轰鸣而下。故有此句。

七绝　新韵

消精英

二零一二年二月廿七日

去岁城头树反旗，今朝海角换西衣。
中华儿女多奇志，倒孔尊儒只一夕。

七律　新韵

游福建宁德白水洋

二零一二年二月二十八日

适余患疾而作。

千亩平石水浅清，波光潋滟照惊鸿。
从从激浪成堆雪，道道潜流作和声。
绝景久藏松壑里，奇情初露旧诗中。
三生路上思来去，归去长歌祭润翁。

五律

冬日秦岭北麓

二零一二年三月

叶尽疏林黑，柿红点杪头。
归巢飞鸟晚，绿麦野塬稠。
阴岭余残雪，寒溪断细流。
宅新排静堡，妪稚暮偎留。

七律

致卢君老友

二零一二年三月十五日

四十年前忧郁日，残红落尽竟逢君。
脱尘几士竹林韵，恨世双鸿汉冢曛。
心冷难通桃叶意，志高犹瞻翼鹏云。
渭滨今已无遗迹，饴苦只堪梦里寻。

附：卢正新复诗（答竺君）

二零一二年三月十八日

竺君七律见，谬作以答。自感意不谆厚，辞缺婉雅，韵欠谐和。然才疏学浅，无可奈何，羞之，愧之。

四十年前幸识君，老来抚昔记犹新。
古渡春花东逝水，汉陵秋月西去云。
感时常发指点议，伤已益壮鹏翼心。
哀吾一生终平淡，唯忆此时尚足珍。

七律　新韵

忆南湖

二零一二年三月廿日

辛巳年余与何某因商务往汉中。事毕游南湖，时烟笼雨濛，寥无游客。湖畔有县某局宾馆，空寂无人。扣门入，厅堂幽暗，仅一女郎出迎。雪肤云鬓，窈窕娴静。与之语，雅洁出尘。何某以其貌美，谓：何不南下广深，而于此薄薪独守？彼答曰：南下之人多辛秽，故宁守寂寞，不弃故土，雅不为金钱所动。余深讶之，少坐即出。彼送至门前，嘱我等重访。距今已十余载矣，竟不能忘，故吟而记之。

闲馆幽幽月里人，慵容谢客掩重门。

蕉肥透绿听轻雨，柳老栖蝉噤晚音。

雪醽温存茶午子，[一]青蚨冷落曲阳春。

经年倥偬俗情累，汉水遥思有皓魂。

【一】午子：汉中出午子仙毫茶。

附卢正新答《忆南湖》三首

其一

一诗惊见真兰魂，难怪十年梦冰馨。

怦然心仪随君再，杨花满城恐难寻。

其二

幽梦随君到南湖，烟笼雨濛似往畴。

蕉柳依稀兰犹在，只恐芳魂已飘无。

其三

十年君魂牵兰魂，初闻惊心后担心。
纵然贤达明礼节，夫人知后必恼君。

【注】卢君有误解。

七绝二首　新韵

略改卢君诗而为之

二零一二年三月二十三

其一

一瞥玉貌若冰轮，休笑十年忆往馨。
老去犹怜梦里柳，满城飞絮不是春。

其二

随风幽梦到南湖，雨濛烟笼似往初。
蕉柳依稀掩旧馆，兰魂但恨已飘无。

七律

答卢君

二零一二年三月廿六日

最慕卢君长者风，当年渭北竟相逢。
行吟杜甫桐花紫，指点莎翁枫叶红。
且喜华颠闲对赋，不辞暇日喜巡觥。
偷诗为我风情寄，浪得同窗赞誉声。

附：卢正新君诗一首《竺君之来》

二零一二年三月廿五日

最喜竺君来寒门，促膝倾心论古今。
坦坦侃侃君无意，唯唯谨谨某有心。
愧自缺无子期耳，慕君娴有伯牙琴。
一席未尽月已上，相期叮嘱只半旬。

七言　新韵

回忆

二零一二年三月二十九日

榆阴深巷捧书卷，不意惊鸿频顾盼。
婉转流波映远山，春风不解芙蓉怨。
明年瑞雪送新人，邂逅庄严无眷恋。
片断回思虽在心，只宜当作闲谈看。

七律

复友

二零一二年三月廿八日

一生谨慎作师表，两袖情风莫自嘲。
自古门生明道理，从来英霸重传教。
『横眉』受命添坟祭，『得胜』违心贺寿藻。【一】
不是自由能易得，重重赫赫旧官僚。

【一】『横眉』指鲁迅，其在《坟》前言中说自己也奉命写作。『得胜』即毛泽东化名。毛自言曾违心颂赞过斯大林。

七律　新韵

八厂故交重逢

二零一二年三月廿八日

壬辰年初春三月，余邀咸阳八厂故交卢、吴、雷、刘诸君於『汉府国风』酒店一聚。诸君笑谈往事，多涉诒谋（即张艺谋），余曩时尝以歪诗应其之请而付之。人生苦短，转眼已卅载有余。

记得少充搬运工，尘飞噪震耳常聋。
忧思岁月失憧憬，谑戏晨昏了寂空。
乍遇机缘自取舍，倏合故友又西东。

诒谋逸事成追忆，卅载风尘只一逢。

七绝二首　新韵

由杭州西溪归来

二零一二年四月十二日

其一

黑雨寒潮不夜来，芳菲落尽似秋回。
凄情信手翻南史，不想梨花次第开。

其二

松篁深处听啼鸟，步印苔痕雨泫清。
若得余生常此境，何须萧寺看湿英。

五律　新韵

复严老

二零一二年四月十五日

灞水流无意，南山起怒云。
鹅白珍草岸，柳绿戏骚人。
坱垒从来有，豪情动乱闻。
慨慷家国事，天地已氤氲。

附：解放诗一首（与国良、永泰、元龙诸老同学灞河游，有此短句以记）

二零一二年四月十四日

老友忽相聚，灞柳发华滋。
一去五十载，白首暮何之。
旧梦或已远，慷慨议国事。
伤心岁月忽，默忆少年时。

七律　新韵

寄德功君

二零一二年四月十八日

余常号吴德功君为虚脱大士。因其年青时颇类离群之鹤，不甚问俗务，超然秽污之外。另又因体弱自言常常虚脱。吴君一生虽未成艺术家，而其气质终生为艺术之人。

丹青气韵自天成，落拓蓬蒿齐鲁风。【二】
细刻精琢混世作，【三】风敲雨打古书功。【三】
生为艺界群星斗，去作江湖一画翁。
便是无人识造诣，横天巍嶂有峦峰。

【一】德功君，山东人。

【二】混世作，指领导有时指派许多无聊美术工作。

【三】古书功，德功善书若千年风蚀雨剥之古碑石刻文。

七绝 新韵

游光雾山

二零一二年四月二十一日

远近群峰光雾间，荠林插遍岭连天。
嶂围阙处云波涌，几声鸣鸟到春潭。

七绝

咏杨

二零一二年四月二十一日

陕师大校园有杨数行，观而咏之。

四月柔风暗自吹，转旋叶似蝶翻飞。
可惜待字无芳女，空学传媒心事违。

七律

和永泰发来其友自嘲诗

二零一二年四月二十三日

荡尽豪情堪痛伤，星移物换正苍黄。
补天娲女失炼玉，铸剑莫邪投鼎汤。
聚义英侪俱落寞，敛财丑类反堂皇。
君盱岭外翔灵鹤，唤醒乌乡作梦乡。

七绝二首　新韵

五台山游庙

二零一二年四月二十八日

其一

法相庄严在碧峰，山风尽送颂佛声。
庙门立僧索香火，都是东林生意经。

其二

山顶山洼添宝刹，磬钟声里绕烟霞。
焚香不为禅宗事，市场原来胜释迦。

附：王培瀛发来七绝一首

无求一粟万钟遗，利物图得百镒失。
商寺风行时与进，轮随牛迹果因几。【一】

【一】昨于《素心铭》参加友人画展，闻骗子和尚事有感。今读国良诗以此复之。末句用佛陀恶业会跟造业之人，象车轮尾随牛的足迹一样。

五律　新韵

忆锦兄年少遥寄

二零一二年五月十三日

甬巷出才少，文图理俱佳。
苍槐阴陋室，半院种菊花。
志远薄河汉，时违关黍麻。【一】
其时号阿锦，犹忆翰书家。

【一】指解放当年初中毕业，远徙蒲城上农机校事。

七绝

所遇

二零一二年五月十六日

早年为公司签合同时，多陪甲方赴舞厅，常遇伴舞女郎。

盛妆舞步慌，姓李姓孙张。

相问此何业？『笑贫不笑娼』。

七律

判辩

二零一二年五月十九日

雉飞绿岗掠蒹葭，映日杜鹃初吐霞。
麦蔽秦川黄陇亩，机耕豫野喜田家。
偶知丰穑籽肥好，久被传喧包产夸。
遍说齐州奔白鹿，不闻天下走骝骅。

七律　新韵

致元龙

二零一二年五月廿一日

周日与元龙、永泰、汉生诸友游兰田。

起落丘陵间绿黄，云飞苇浦是君乡。【一】
杨依滆水诗人杜，烟笼辋川别业王。
俊少曾击磐夜气，豪翁可问众生苍？
常发妙语惊宾客，逆起机锋凭奋翔。

【一】元龙系兰田人。

七绝

二零一二年五月二十一日

光雾山中有槭林叶若红云，应安元之邀咏之。

一片静云停翠微，千山尽绿吐轻绯。
飘然世外谁相似？记想陈王赋洛妃。

五言

与卢君访樊君兼游咸阳圆明寺

二零一二年五月二十五日

余与卢君去咸阳访八厂子弟中学故人樊老师，樊毕业于上海华纺。欲问文革间事，竟不以明答。又愤有钱人之暴发，正疲于还房贷。辞出游寺，景物索然无味，依实情复之。

少时适秦都，徜徉渭水边。凄迷云中树，苍茫塬上烟。
风尘双鬓白，一别四十年。古城寻旧韵，而今已荡然。
访故问旧事，相谈似隔年。昔怀天下事，今累房贷还。
即出茶社去，探路巷间间。高台筑新寺，称谓同名园。
逼仄侧身过，四围无青岩。佩云运斗笔，德功题楹联。

殿宇妙相新，僧众少机禅。分心俗与浊，合掌佛并钱。
世风今益下，愁憯无欢颜。昔年庙虽破，燕飞画梁残。
青苔滑石径，森林参冥天。若借雷吴笔，【二】翰墨结善缘。
我虽非名士，邀君复盘桓。可叹去已矣，怀古幽意阑。

【二】雷吴，即故友雷佩云、吴德功。

附：卢正新五言一首

二零一二年五月廿四日

壬辰年廿二日某与竺君应雷佩云君之邀游咸阳园明寺。瞻雷、吴君所书楹联墨迹，有感而作。

渭滨有古刹，巍然高台巅。拾级出尘世，步廊俯人寰。
凉飔古槐生，暗香幽花传。袅袅梵音来，缥缈白云端。

众尊肃且穆，悲悯有慈颜。雷君问佛意，功德结善缘。
翰墨蕴古韵，风流楹楣间。哂世虚妄客，一心逐权钱。
禅指尘与土，墨香遗千年。

七绝二首

叹文坛

二零一二年五月二十三日

其一

危世百年轻仲尼，凤歌笑过树人讥。
四海今皆尊旧腐，伪儒飞沫我悲之。

其二

风转潮徊世事奇，当年激进后投机。
盘樽消尽英雄气，鲁迅不宗宗仲尼。

七律　新韵

又访卢君

二零一二年五月二十六日

乘兴而来乘兴回，卢君意厚劝碟杯。
寻红远眺桃花岛，觅药重推小院扉。【一】
杨柳依然去年绿，须眉不似旧时黑。
世风日下人情薄，不与君归与谁归。

【一】我曾求药于卢公子。

附：卢正新《竺君之来其二》

前次发来《竺君之来》一首，直觉微意未尽，思之再作一首。

稚婴喜呼狗撒欢，竺君如期来拙园。
斗转星移四十载，物是人非情依然。
待君愧简牛肉泡，君赞美杀满汉盘。
月下登车无所赠，家泡花白味正酸。

七绝

戏记汉生游五台山

二零一二年五月二十八日

昔武汉生游五台山，归来痛陈五台山寺僧收入寺门票之严刻。谓：一只蚊子也休想进去。

彻夜秋风吹破屋，晨观数寺围青竹。
袈裟庙口卷门银，一只飞蚊休得入。

七绝　新韵

叹寺

二零一二年五月廿九日

前年八月携家人游大同，五台山等处，今忆而赋诗。

五台盛誉世传闻，庙是遗存僧是魂。
文殊误择为道场，贾风潜入众山门。

七绝

假僧

二零一二年五月廿九日

青衫一袭骨颀癯，匍匐崎岖额跪泥。
香客布施皆敬悯，保安棒喝似奔驴。

七绝二首

露宿埃及白沙漠

二零一二年五月二十九日

一零年春节与家人夜宿白沙漠之围帐中。诸多白石若多类禽兽状遍立白色大漠之中。真奇观也。忆之。

其一

雪兽霜禽白瀚海，碧空镜月净天庭。
凝听阒夜无风色，压地周遭处处星。

其二

地如白玉昊如晶，天外轻传星颤声。
胸内何曾存脏腑？随风销逝入青莹。

七绝二首

尼罗河泛舟而下

二零一二年五月三十日

其一

尼罗碧水分黄瀚，逐我海鸥去复还。
凄励一声破空寂，遥思远古七千年。

其二

埃及神庙气巍然，危柱雄飞石壁残。
一种深沉涵冷漠，几声断续怕鸣蝉。

七绝

终南往小五台东村

二零一二年六月二日

农村青壮俱外出打工，故村里人稀静谧。

二月山前满杏花，村头菜垅少篱笆。
停车欲问农耕事，一缕炊烟入静洼。

七绝

寄培瀛

二零一二年六月四日

国危社圮器皆遗，禁放海疆诸策失。
义士救亡荐热血，而今却引众儒讥。

七律

师大春日闲居

二零一二年六月五日

禽栖絮柳不知名，半作芦笙半作筝。
停步望林叟行草，凝神隔叶鸟传声。
方池偶忆《长扬赋》，曲径常吟《陋室铭》。
云浪心胸难采菊，秋风夏雨总关情。

七律

海螺沟

二零一二年六月六日

二〇一一年五月沿长征路由会理至海螺沟，天色已暝，遂浴露天温泉。翌日乘缆车观冰川运动地貌。弃缆车上雪山，冰川触手可及。

海螺沟里泡温泉，身沐春风首栉寒。
霰幕雨帷望峻岭，藤攀林耸见杜鹃。【二】
冰川裂壑惊人魄，崩雪闷雷动鬼颜。
北上红旗会丹帜，军情景致两重山。【三】

【一】花名。

【二】日出有两座雪山为金银两色，谓之金山银山。

七律　新韵

红寺湖夜起

二零一二年六月十六日

启明夜尽正孤悬，红寺水黑自凛寒。
鱼醒嗖喋涟始动，鸟鸣喧噪岛初传。
掠湖鹭影无声去，凭槛诗魂有意还。
不觉天庭成净碧，烦丝抽尽作冰弦。

七律　新韵

端午

二零一二年六月二十二日

端午致技校同窗解君民信、姚君建亮。

优绩谪读西建技，衔悲失意度华年。
空怀泽畔左徒志，羞看区中外校园。
一阵天风吹落月，末流意气展春颜。
又逢端午悬香艾，萧瑟汨罗湘水寒。

七律　新韵

端午有感

二零一二年六月二十三日

行吟楚韵有灵均，遗世瓣香传到今。
司马涕垂传史记，豫才眉冷写金箴。
卅年酒肉无德据，一脉流风有士尊。
最是自由奉『普世』，繁华唱尽近黄昏。

七绝

端午有感

二零一二年六月二十三日

闻永泰录友人得知有学人考得屈原因同性恋而投江。

艾粽飘香文学院，巧逢佳节拼论卷。
最难学术立新意，考得屈原同性恋。

附永泰友人单元庄君诗：

七言

酹端午

有心乏力托明日，无意觥筹贺岁阳。
聊赋拙辞疏块垒，长歌哽语酹国殇。【一】

【一】竟考据屈原为同性恋而投江，学问至此，荒唐糜烂极致，今千古斯文扫地，吾辈学人何颜以对祖宗！

七律两首

谒南京中山陵

二零一二年六月二十七日

其一

独行松径谒中山，陵宇半悬青霭间。
谨蹑云阶瓦飘雨，敬临肃殿牖生烟。
康梁百日弹指败，帝业千年翻手颠。
两岸如今仍晋楚，英魂愁虑到明天。

其二

金陵王气逐寒流，劲送西风千古愁。

夜尽闻鸡灵谷寺，暮临唳鹤望江楼。
除遗胜败由两护，[一]覆帝分合因四筹。[二]
饮恨燕台留训嘱，神州不敢忘宏猷。

【一】『两护』指倒袁反北洋的护国护法两次战争。
【二】『四筹』先生为推翻满清王朝先后建合分立的兴中会、同盟会，中华革命党和中国国民党。

七律

雷雨

二零一二年七月九日

忆少时居奉化乡村老屋，夏暑难捱，忽遇雷雨之情景。

江南溽暑不分畛，裸卧竹楼未出门。
天黯雷低慑万象，云阴雨白洗千村。
风吹屋瓦鸣笛管，雾塞溪川失渡津。
久盼天公能抖擞，偏旁荡涤旧乾坤。

七绝 新韵

忆初见瑶瑶

二零一二年七月十二日

小女初生红且丑，生疏诧意详端瞅。
忽然破口放声哭，万种亲怜怀里搂。

七绝

老发童趣

二零一二年七月十五日

三月好风云卷舒，纸鸢尽放渐飘无。
宣陵僻远无相识，童趣老来补阙如。

七绝

茂陵

二零一二年七月十六日

汉武雄才数破胡，茂陵冷落暮栖乌。
传营鼓角征声远，心事杳冥月一弧。

七绝

观额济纳胡杨林

二零一二年七月二十四日

塞外云高秋肃杀，貔貅十万尽金甲。
霜刀齐喊霍嫖姚，朔漠胡营风飒飒。

七律　新韵

忆咸阳故交

二零一二年七月二十五日

秋风夜雨小城东，卅载倏忽犹有声。
御夜岩廊得失计，竟夕篇籍轾轩评。
经营怠隋经文通，方内糊涂方外明。
谊久君交不同苟，一般愁绪两般情。

七律　新韵

秦岭

二零一二年七月二十七日

太华太白相两高，苍龙东走势如潮。
江河雄断南北界，界域古分秦楚标。
玄妙钟灵播二教，【一】浩浑气象荫十朝。【二】
中华几度遭危倾，关塞威严压虏嚣。【三】

【一】二教：指道教祖庭楼观台。佛教八大宗之六宗祖庭均在秦岭北麓。
【二】十朝：长安为十三朝古都。
【三】尾联：金、元及日寇侵华，均曾为秦岭所阻。

七律

出兵朝鲜六十周年

二零一二年八月八日

颜赧百年羸弱身，风腥万里有贫村。
惊闻悍敌窥江界，急令雄师出国门。
劲甲星微驰险隘，寒兵雪紧阻长津。
扬威朝鲜捷传报，开遍达莱是铁魂。

七绝

立秦岭山头观云飞

二零一二年八月十日

长风浩荡鼓云帆，吹送群山似快船。
轻驾东溟欲点篙，却愁汉渭缆双舷。

七绝

越雀儿山

二零一二年八月二十九日

是年八月中，与忠明、安元诸人进藏，循川藏北路翻越雀儿山。

啮天犬齿乱山嵴，平视云波滃赭壁。
下界千峰尽绿妆，行空叟伴孤鹰寂。

七绝

北斗

二零一二年九月九日

浪去天涯一梦空，是非强说类飞蓬。
秋河九月如霜雪，北斗依然射紫宫。

五律　新韵

德格康巴藏儿

二零一二年九月二十四日

康巴男子奇，雄阔若熊罴。
目朗云山望，準隆英气集。
寒刀腰闪佩，烈马草飞蹄。
不须相识久，一杯尽入席。

七绝

过昆仑山

二零一二年十月一日

逶迤苍瘦昆仑老，远照雪峰秋月小。
不是金沙麾一军，山高水远汉声杳。

七绝

九月所见

二零一二年十月二日

魂去天庭卅载余，萧条身后忘尊呼。
如今每遇不平事，总见长街举像图。

七绝

望南迦巴瓦峰

二零一二年十月五日

雪峰在连绵绿山之上，薄云久遮而不得见。游客急不可耐。忽天风吹过，云移峰现，始睹雪山悬空，众皆欢呼。

面掩云纱裙翠微，淡容寂寞养深闺。
忽传王母急责命，不顾娇羞下界窥。

七绝二首

赴陇南阳坝入海棠谷

二零一二年十月二十日

与胡平君游阳坝，谷中并无其他游人。

其一

绿溪百折喧山谷，忽入石滩声色无。
伫望松萝挂千树，白云停处结吾庐。

其二

小街幽僻绝轻尘，鲜荔双颐惊丽人。

此谷于今属我俩，仙乡何日再来寻。

七绝二首

所见所思

二零一二年十月二十九日

其一

京都十月好秋光，又是年年祭国殇。
广场银屏播盛世，官绕云碑民入堂。

其二

仲秋时节柳吹绵，细雨天街立怅然。
追忆长征苦难日，得鱼何至竟忘筌。

七律

忆六六年夏至六八年秋与炳元旧友交往岁月

二零一二年十一月三日

小院疏窗透古弦，雪消柳巷别春寒。
桃花枝闹满庭树，湖海心潮正少年。
去岁顶风斥『血统』，[一]明年卧冢数星残。[二]
谢君伴我咸阳渡，[三]南北愤忧只片函。[四]

【一】六六年夏谭立夫『血统论』曾风行全国，我等抵制之。

【二】六七年夏已不介入本校文革，与炳元夜卧城东秦冢顶消暑，何其浪漫也。

【三】六八年春节前夕我从技校毕业，炳元送我去咸阳陕棉八厂报到参加工作。

【四】六八年末炳元亦回江苏丹阳原籍下乡。此后数年只信函往来以通情怀。

七律

再寄炳元

二零一二年十一月七日

风流倜傥忆同年，飚起古城会玉仙。
意气干云欲揽辔，【二】琴心踏曲亦怀荃。【三】
来从天地学农事，去就城乡持教鞭。【三】
一改精神为内敛，【四】个中敢问是何缘？

【一】出自『范滂登车揽辔，慨然有澄清天下之志』。

【二】言彼中学时代喜脚踏节拍哼曲，且志怀高纯。

【三】炳元当年下乡，后又在城乡两地教书。

【四】岁月磨人，中学同学之中性格较少年时变化之大者，莫如炳元。

七绝

秦岭雪霁

二零一二年十一月十四日

十月初一日与书欣及其友林芳往汤浴途中。

初收阵雪暮云垂，黑白皴山静气巍。
寒远心情接荒古，浮生倏忽不须悲。

七律

由定日经樟木过境抵尼泊尔

二零一二年十一月二十日

此年八月二十九日，一行七人赴尼泊尔旅游，忠明领辎重校尉屯拉萨。归查樟木镇属聂拉木县。早在清季即为尼泊尔占据。五零年毛泽东赴苏火车途中急电一、二野尽速经营西藏。迨我军进藏，其地始归我。然若非六二年对印果决一战，其归属今恐难意料也。

山北荒寒无野草，山南绵绣有仙乡。
飞悬素瀑百千练，叠簇翠峰数十冈。
车定远谋驰漠北，电檄奇旅出青康。

戎机英断揖雄烈，采撷格桑祭国殇。

七律

守仁

二零一二年十一月二十日

早悟先知斥婀娜，厌听同辈哭蹉跎。
一朝风起因霹雳，十载云飞自逝波。
傍晚酒酣诗却少，中宵梦醒思偏多。
香车宝马华灯夜，遥隔母儿情奈何。

七绝

秋晚渭滨郊游

二零一二年十一月二十日

昨晚夕阳照浦烟，晓惊落叶满长安。
朔潮西至塞泾渭，一阵秋霖一阵寒。

七律　新韵

四游九寨归来

二零一二年十一月二十五日

蓬壶阆苑梦中寻，访遍三洲只此存。
旖旎澄波胜天色，轻盈灵水见晶魂。
秋潭五彩飘仙女，洪瀑亿珠拥簇林。
圣手丹青画不出，情牵九寨我还临。

七律　新韵

追忆

二零一二年十二月八日

少小纯真无恨怨，未更世事即悲咽。
天边峰火几声炮，海内风云万里烟。
桃李春风民主大，江湖秋雨自由先。
导师群众难协理，浩叹失机痛不堪。

七绝

博卡拉

二零一二年十二月八日

一二年九月二日夜散步尼泊尔费瓦湖小径。翌日三乘摩托载六人往博卡拉城郊乡村一游。至农舍安元主厨鲜鱼，众聚餐，乐甚。

冷萤草径乱流飞，费瓦湖茫月色微。
望曙驱摩青霭里，农家土灶事渔炊。

七律

徵史

二零一二年十二月十五日

碧血蜃楼别样虹，亿千群众岂沙虫。
明知规篆责嬴政，罔顾贞观借父兄。
持节孤臣失苏武，据江州牧比刘琮。
高丘何日传鼙鼓，惊破霓裳唱史终。

七绝

西安城郊初雪

二零一二年十二月二十日

飘飘洒洒满乾坤，沉砀浑茫失远村。
长卷疏林谁画出？勾枝点叶客留痕。

七绝　新韵

夜雪晨起

二零一二年十二月二十八日

乙申春节，余归四明山下故里。

四明一夜玉龙飞，千树万竹放白梅。
晓起明眸照碧剡，春山著雪映春眉。

七言

游洛阳龙门作

一九六八年八月廿六日

六八年夏末与炳元、西京等游洛阳。夜露宿伊河大桥。晨起游香山，谒白居易墓。忽发现对岸有石雕如列，喜极而游。

大河东流双峰开，长桥如虹入山来。
百池兰泉凝烟雾，万尊金刚飞云天。
孤冢无语立斜阳，洞窍有声传秋潭。
携友徐步游龙门，仰天长啸兴极恺。

忆秦娥

兴庆怀古

一九六八年九月廿六日

阴云闭，参差野冢悲鸿唳，悲鸿唳，沉香亭侧，百花都泣。

袖寒殿舞秋风凄，征夫骨蔽霜凝地，霜凝地，平湖如镜，几山如壁。

念奴娇

赠炳元君

一九六九年六月廿五日

暇日群游兴庆公园，触景有感。

沉香遥矗，霭波凝丝柳，拂光轻舞。初卸银妆清箫爽，妃帝举樽亭处。秀榭烟林，微寒时节，别一番春趣。千年逸事，诗仙沉醉曾赋。

明媚江左遨游，旗扬云骤，看浪逝山麓。携子期风情共抑。岂步平俗之路，觞滥兰亭，醃蔬饼食，懒解他寒暑。知心同学，少年风发今古。

七言　新韵

过砀山怀古

一九六九年十一月廿六日

六九年七、八月间，余与炳元、利生违令外出串联。车停砀山，被驱下车，故有砀山之行。

旷古风云芒砀起，焚栈兵略三秦地。
任贤策定垓下围，战场至今成遗迹。

自度体

串联怀古

一九七一年

古临潼，秦皇闪眸瞳关东，铁甲纵横旌旗风，琅琊铭大功。

砀山东，汉帝挈剑斫白龙，相率十骑四海中，咸阳首称雄。

石头城，渔灯点点秋月明，似曾箭楼伴天兄，举樽祭长风。

中山陵，江烟山雨殿檐青，长夜未晓君先行，肃立吊先生。

雨花台，人传碧天飞红嫣，我谓杜鹃血中栽，不信看石牌。

浦江流，沉沉暮霭海关楼，凝思国运如北斗，风雨谒虹口。【一】

旧炮台，依稀濒海宛如带，无奈鸦片尽西来，梦醒睡眼开。

东海波，深沉起伏动魂魄，犹记英雄惶恐说，【三】谁敢轻中国。

西子湖，漫言楼船载歌舞。秋瑾拍案斥满虏，铿锵图光复。

嘉兴船，水泊凛夜微光寒，挟动震雷起风烟，真理力无边。

大串连，雄心未萌识尚浅，惊看旗扬与帜翻，奔走亦有年。

【一】虹口公园有鲁迅墓。

【三】文天祥诗。

七绝

忆文革大串联

一九七一年

一九七一年于咸阳北原，怀鲁迅先生。

曾忆泛舟吴楚时，高丘觅女几寻诗。
独登汉塚怀先圣，渺渺秋波寄远思。

七绝　新韵

赠书欣

一九七一年

桂老森阴掩月宫，银河耿耿泛微明。
幽香古瑟焉知我，脉脉情思对夜风。

七绝

应人选诗拟作

一九七二年九月廿三日

应工友张诒谋为情人肖华自制摄影作品集，嘱我选诗以置影集扉页。因手旁无诗集，而往日亦不曾多所谙诵，故戏而为之。然俱激励之语，尚无愧也。

风摇芳馨卧春枝，暮秋落花牵梦思。
旧影赏心隽永否？齐姜醉遣应有时。

念奴娇

重游华清池

一九七四年四月五日(二零一二年改)

桃红柳翠，怎遮住，料峭西风偷吹。烟雨清明偏又冷，寒锁华清池水。醉榭唐皇，舞台玉环，春色悄悄褪。登临绝巘，东风邀呼泾渭。凭空一鞭骊山，汗凝云彩，尽望秦峰燧。负曳岭华牵洛汉，欲令春神来驰。六载重游，人间多历，旧志何追悔。古寒难逐，暗流一介双泪。

五言

登华山组诗

一九七五年夏

七五年夏赴华阴开门办学，校方不许登华山，我等游性遄发，选一周末午后冒雨相伴登之。

夜宿

风雨冥如磬，求宿青柯坪。
药老挑孤灯，夜半话莲峰。

早发

朝辞六旬翁，古柏含黛青。

烟云穿涧谷，飞瀑传涛声。

寓兴

石磴泻玉泉，溅珠洗长庚。

回眸王猛台，山泉入东瀛。

苍龙岭

雪迷山阴道，雾失苍龙岭。

长风鼓云波，披笠学古风。

遗迹

金斧运神功，劈岭遗佳名。

至今惜子虚，犹吊不老松。

云海

依稀辨云海，退之投书处。

凌空聊吟哦，难识云与雾。

西峰

登峰未造极，四顾惟茫然。
恍若陆将沉，浮汛苍冥间。

烟松

破石经严霜，枯柯润春色。
华盖织烟雨，岁岁频领略。

绝堑

身随烟云飞，宛如游鸿濛。
蓦然起山岚，狂喜对怪峰。

南峰二首

其一

太白问青天，呼唤摅情怀。
抚松依陋阁，渺忽睹蓬莱。

其二

高士归隐志，奏琴弦已断。
云下沐春辉，怡然无余哀。

下棋亭

憘奕决山河，太华悒不平。
残迹向夕阳，一笑过棋亭。

长空栈

崚崖通栈道，冯夷惊迓客。
了却登山志，遥闻天外鹤。

七绝　新韵

曹刘怀古

一九七七年夏

霆鞭莽野阵云飞，池鉴轩亭犹煮梅。
罢饮艨艟泊赤壁，使君未必太学归。

七律

咏怀

一九七八年夏

江南细雨丽春斜，千里客舟到我家。
武岭旧亭掩古树，剡溪碧水醉桃花。
情深年少牵秦梦，【一】浪迹未冠传塞笳。【二】
北地终究养朔气，未辞白发诵《蒹葭》。

【一】少时回浙却总念西安。
【二】文革大串连事。

七言

赠同窗

一九七七年二月八日

明宗同窗，驻滇军中，有信数封寄我，回书赠诗一首。

几番烛照屏南书，剑气耀月飞的卢。
霏霏夜雨宿青柯，[二]蒙蒙晓雾走滇湖。[三]
忽闻横刀渡赤水，曾览红军胜迹否？
日月长行九万里，遵义会议烨千古。

【一】七五年在渭南桃下开门办学，相约登华山。夜宿青柯坪。

【二】七六年共赴昆明作科研调研，曾游滇湖。

浪淘沙

季冬独行咸阳渭河畔

一九七七年二月十一日

渭波载雪，漫流萤、众星辞拱残月？ 岭上古树参差是，玉镂珊瑚横斜。 一说秦汉，二世昏庸，有三楚英烈。 乐此朔风，正好沸动热血。

虽识春寒凛冽，望帝尚远，想难寄霜叶。 谁料宾客匆匆至，幻作银妆世界。 春色消逝，却春情无限，可消融石铁。 三秦回暖，骊峰斟酌台榭。

五言

登榆林镇北台

一九八六年四月

四月塞上行，八荒一望收。
春意侵古台，万里奔沙丘。
寂寂闻天籁，冥冥没残楼。
临风对落日，几物能悠悠。

五言

游榆林红石峡

一九八六年四月

大漠蕴春秀，黄塬裂碧天。
洞幽藏古寺，桥横渡山泉。
柳梢浮嫩绿，沙浦停闲雁。
急流携晚风，斜阳不胜寒。

五言

从库尔勒往哈什，途次阿克苏

一九九五年八月末

大漠几孤驼，万里一吊客。
荒城没星辉，汉关照日落。
雨敛泻彩霓，长途慰寂寞。
龟兹今何在，【二】阿城江南色。

【二】龟兹古国，即今阿克苏地。

七言

途次阿克苏

一九九二年九月十九日

天山石壁凝烟波，长天浩沙几孤驼。
旷野御风走黄尘，冷月惊心窥寂寞。
极目天外石接云，衰草数丛点秋色。
归来长忆班定远，汉幡翻动大风歌。

七绝

游西湖

一九九二年九月十九日

最爱江南春暮时，楼台烟雨说唐诗。
苏堤柳絮拂人面，却向湖边折桂枝。

齐天乐

寄东岳

二零零零年秋

壬午年与东岳秋游湘西归来，其与大学旧女友重会，情何以堪！

诳赴京华却黄埔，江淮一夜飞度。露湿衣衫，离愁烟柳，二十四桥遍数。年年情苦，正寻兰觅莺，[二]竹影摇处。别恨何似，瘦西湖无尽秋雨。

岳郎气摇秦都，怎情专如故，儿时凄楚？相去廿载，鹰老树衰，[三]怕伊伤怀尺素。把帙握卷，演通万物运，[三]难释《别赋》？云天苍阔，劝柔情且住！

【一】和平女友名中有兰字，声如莺啭。时寄寓扬州，君远赴会之。

【二】君曾言转世想或为一苍鹰、或为一岭树。

【三】东岳著《物演通论》，阐述万物之演变机理。

入川组诗

二零零零年秋

庚辰年秋分时节，与诗中诸友游川七日，赏美景品佳肴，谈逸事发趣语，豪兴酣畅。归来时时忆之。是以寸纸作草于颠簸行车之暇，回思揽味于来往杂务之际。不嫌拙俗，诗成示于同游诸君，徒取笑以增志耳。

七言

赴宁强溯汉水道中二首

其一

几叠苍翠几层烟，山舍高低烟翠间。
一带芦花白似雪，秋光满目入江川。

其二

山中食肆傍水依，捧出土鸡嫩如泥。
胡君遽呼来五碗，颇存余香过绿堤。

五言

剑门关怀古

剑门险且奇，大雾锁雄关。
双峰破空立，云涛泻其间。
一夫仗青锋，谁人能入川。
可叹无上将，何来蜀道难。

七言

谒李白纪念馆

馆地处江油县城郊。

溪流绕馆作涛声，古木临潭挂青藤。
尔能大笑出门去，剑气酒气江湖行。
今有王郎参造化，[一]玄机可胜大小乘。
寂灭残梦入苦冥，仅存太白一缕情。

【一】以下四句是说和平著《物演通论》玄机深邃，然前瞻苦冥，而其平日却也洒脱。

七言

行车途偶得翠云廊一游

参天翠柏生云风，遥接秦巴抵锦城。
腾空入涧蜿蜒走，蔽月带露断续行。
望帝死后犹啼血，蜀人生前善植青。
斯山斯水有斯民，安知四川不夺声。

七言

蜀中吟

剑溪石桥远轻尘，龙泉清冽润荒村。
学西用中性理医，【一】嬉向古寺觅泥尊。
经济人物论印巴，【二】咣咣顿足争精神。
又道铜川官场女，乡音劝桃于主任。
言毕无人能禁笑，笑声欢语满车闻。
忽忆长安旧酒楼，【三】高士宴罢醉沉昏。
汤水炼入数味药，素手濯足能益身。
俯首细语说故居，蜀水碧青箭竹新。

村中亲情多不知，洗脚女娃泪垂痕。
求职不易薪多薄，妍妆幸召侍脚盆。
罗裙渐难掩丰姿，纤腰困系囊中金。
锦衣还家心气傲，柴扉换作玻璃门。
座中听讫多神往，神驰峨嵋与青城。
左穷旺苍右江油，访得谪仙明月轮。
狂傲风骨我心折，也学诗人卧青云。
读罢李白与妻诗，【四】笑煞忘情山水人。
兴意未尽闲品茶，此处三秋胜暮春。

【一】胡平君系西医研究生，后倾心中医。多年以患者性格断病下药，十分高明。

【二】武汉生君系南开经济系毕业，言印巴边界军人升旗，各以跺脚声响压倒对方，甚可笑。

【三】行前，听胡平言：一洗脚女娃言其乡风景绝美。我等皆神往。车出陕西，胡君时指东向，又指西往，终不知其所云。

【四】李白与妻诗很好笑：『一年三百日，日日醉如泥。嫁於李白妇，何似太常妻。』

扬州慢

致东岳

二零零零年秋

时因金风，赴汉中途径秦岭巴山相接处，景殊美哉。归来思怀萦绕，忽念东岳相识于同窗小屋已二十余载矣。故戏作小词以赠之。

秦巴云横，汉水雁阵，芦花勾人却步。涉清秋江流，啜银河朝露。趁气爽天声犹在，水鸥几点，闲伫沙浦。风渐起，草长树影，怎识歧路。

长安数子，竟散落尘埃日暮。曾弹剑酒歌，斜睨宫阙，英雄谈吐。咸阳难觅古渡，风骚声韵又易主。念双鬓已染，只得知已相诉。

图书在版编目(CIP)数据

清啸集/竺国良著. —上海:上海三联书店,2017.1
ISBN 978 - 7 - 5426 - 5770 - 1

Ⅰ.①清… Ⅱ.①竺… Ⅲ.①近体诗—诗集—中国—当代
②古体诗—诗集—中国—当代 Ⅳ.①I227

中国版本图书馆 CIP 数据核字(2016)第 288245 号

清啸集

著　　者 / 竺国良

责任编辑 / 陈启甸　陈马东方月
装帧设计 / 徐　徐
监　　制 / 李　敏
责任校对 / 李　莹

出版发行 / 上海三联书店
(201199)中国上海市都市路 4855 号 2 座 10 楼
网　　址 / www.sjpc1932.com
邮购电话 / 021 - 22895557
印　　刷 / 上海展强印刷有限公司

版　　次 / 2017 年 1 月第 1 版
印　　次 / 2017 年 1 月第 1 次印刷
开　　本 / 890 × 1240　1/32
字　　数 / 42 千字
印　　张 / 14.125
书　　号 / ISBN 978 - 7 - 5426 - 5770 - 1/I · 1185
定　　价 / 56.00 元

敬启读者,如发现本书有印装质量问题,请与印刷厂联系 021 - 66510725